世界とつながる日本文学

after murakami

柴田元幸 編

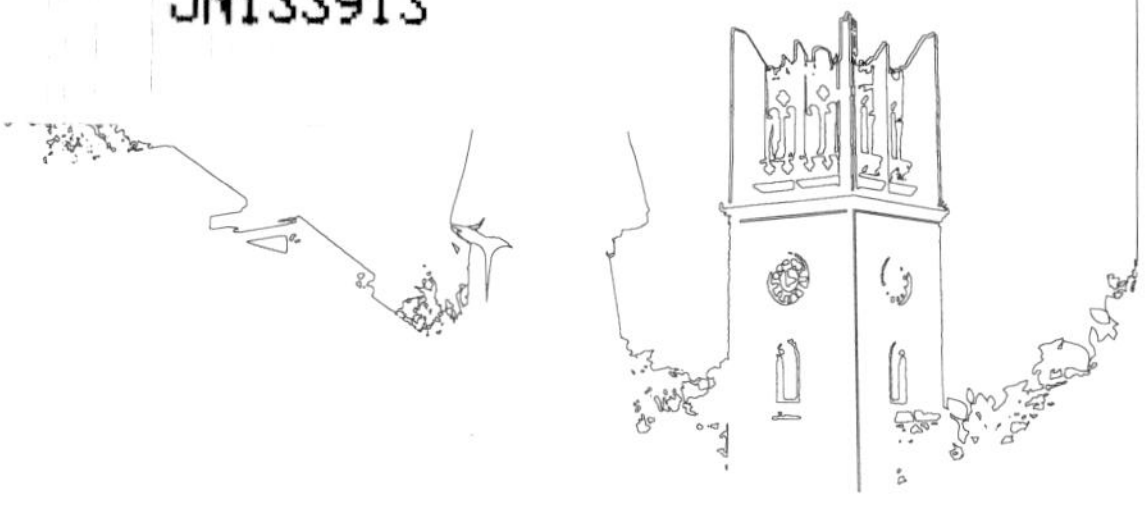

早稲田新書
024

はじめに

柴田 元幸

二〇二三年一〇月二八日、早稲田大学の井深大記念ホールに、世界各国から九人の芸術家が集まった。内訳は、もちろん多才な方々も多く一言で限定するのは無理があるのだが、あえてひとつの「職種」に絞るなら、小説家五人、演劇作家一人、演出家一人、グラフィックデザイナー一人、映画監督一人。「世界とつながる日本文学 ～after murakami～」と題して、村上春樹をはじめとする日本文化から、自分たちがどのようなインスピレーションを受け取ってきたか自由に語り合い、舞台パフォーマンス、グラフィック投影、映画上映といった「実演」も行なわれた。

主催者側の意図を念のため伝えれば、after murakami は「村上以後」という意味もなくはないが、むしろ「村上に倣って」という意味の方に重きが置かれることを願った。もちろん、みんなが村上春樹作品をどう「模倣」したかという話ではない。海外の文学・音楽・映画等々から霊感を受けて（かつ、日本文学からも実は滋養を得つつ）独自の物語世界を構築してきた作家のしなやかな精神を、あとの世代がどう（結果的に）引き継いできたのか。その一端を示すことをめざしてこのシンポジウムは企画された。主催は二〇〇六年にも「翻訳者」に焦点を当てた画期的な国際シンポジウム「春樹をめぐる冒険　世界は村上文学をどう読むか」を主催した国際交流基金である。

結果として大変刺激的な、来場された皆さんからも多くの好意的な感想をいただいた内容となったので、これを活字にしない手はない、ということですんなり企画が立ち上げられ、シンポジウム当日から一年と経たないうちにこの本を世に送り出すことができた。「実演」の部分はある程度カットせざるをえないが、それでも五人の小説家に関しては、話題となった作品の一部（作品によっては一本丸ごと）掲載するなどして、あの一日の熱さが紙媒体を通して伝わりうる限り伝わるよう努めた。

参加した芸術家九人のうち日本語が母語であるのは一人だけであり、当然ながら発言の多くは外国語でなされ、当日の対話が可能になったのは同時通訳の方々の活躍のおかげである。そしてこの本に収めた対話の記録も、国際交流基金が翻訳原稿を整えてくださり、これに基づいて編者と早稲田大学出版部が手を加えた。この日本語バージョンの成立に携わったすべての方々にお礼を申し上げる。

多くの読者がこの本でくり広げられる対話を楽しみ、刺激を受け、ここに登場する芸術家の作品のみならずさまざまな芸術に目を向けたり、ご自分でも創作をなさったり……といった広がりが生じることを祈っています。

目次

国際シンポジウム
「世界とつながる日本文学 〜after murakami〜」
二〇二三年一〇月二八日（土） 早稲田大学 国際会議場 井深大記念ホールにて
主催：独立行政法人国際交流基金
共催：早稲田大学国際文学館（村上春樹ライブラリー）
早稲田大学柳井イニシアティブ
スーパーグローバル大学創成支援事業早稲田大学国際日本学拠点

第一部　五人の作家の眼

オープニング講演

権慧（以下、司会）　最初のスピーチを、一九九〇年代から村上春樹作品を翻訳し始めて、『ノルウェイの森』や『１Ｑ８４』などの英訳を刊行したハーバード大学名誉教授のジェイ・ルービン先生にお願いしたいと思います。

一七年前のことですが、二〇〇六年に東京大学の駒場キャンパスで国際交流基金主催の「春樹をめぐる冒険――世界は村上文学をどう読むか」という国際シンポジウムが開催されました。ジェイ・ルービン先生は、当時のパネリストでもありました。

ジェイ・ルービン　ただ今、ご親切なご紹介をいただいたルービンという者です。どうぞよろしくお願いします。

いわゆる村上春樹現象が二一世紀の初めまでに世界中で巻き起こりました。国際交流基金の日本研究・知的交流部の佐藤幸治氏は、日本文学の中で、この前例のない発展は翻訳技術が貢献しているという点が大きいと気がつきました。そして、この洞察をヒントにして、国際交流基金は、東京大学駒場キャンパスを主たる舞台に村上作品の翻訳者を世界中から呼び寄せて、村上作品に関するシンポジウムを数日間にわたって開催しました。日本語から各言語へ翻訳する際の課題や、この村上春樹という日本人作家の作品が多くの異なる社会の読者たちを魅了した理由について話し合ったのです。

ジェイ・ルービン（Jay Rubin）
ハーバード大学とワシントン大学で長年教鞭をとり、2006年よりハーバード大学名誉教授（日本文学）。『ノルウェイの森』『ねじまき鳥クロニクル』『世界の終りとハードボイルド・ワンダーランド』（2024年12月刊行予定）など、村上春樹の代表作の翻訳者。著書に『Making Sense of Japanese』『ハルキ・ムラカミと言葉の音楽』、小説作品『日々の光』がある。

シンポジウムには、柴田元幸氏、沼野充義氏、四方田犬彦氏、そして後に加わった藤井省三氏という四名の素晴らしい研究者および翻訳者の方々が中心となって関わり、二〇〇六年三月二五日から二九日にかけて東京、神戸、札幌にて開催されました。

アメリカ、カナダ、フランス、マレーシア、ハンガリー、ノルウェー、ポーランド、韓国、ロシア、インドネシア、ブラジル、ドイツ、デンマーク、チェコ、台湾、香港、イタリア、中国、タイ、そうした国々から翻訳者が一堂に会するという本当に素晴らしいイベントでした。

　村上作品を愛する世界中の仲間と集えたことは、私たち翻訳者にとって感動的な出来事でした。

　本日、ある意味ストレスフルな時代を生き抜いた、しわだらけの最年長者の一人として、確信を持って申し上げます。村上春樹現象と献身的な翻訳者たちのエネルギー、そして国際交流基金による支援により、次に挙げるような作家たちの進む道が開かれました。私が日本文学の英訳アンソロジーに編んだ川上弘美、小川洋子、川上未映子、村田沙耶香、古川日出男、柴崎友香、円城塔、伊藤比呂美、松田青子、小山田浩子、津村記久子、澤西祐典などの若い作家です。彼らの作品には現代の経験がオリジナルな解釈で書かれており、たまたま日本人作家であるというだけなのです。

　日本人の作品だから読まれているわけではなく、日本人の関心がたまたまそうした方向に向いているゆえに読まれているのです。私は、これは村上春樹現象と村上文学の追求、そして、そうした多くの現代作家たちへの支援がもたらした最終的な成果であると信じています。

村上春樹氏の本が一九七九年に初めて出版された当時、彼はこう明言しています。彼にとってはヨーロッパとアメリカからの影響が全てであり、伝統的な日本文学には興味がないと。しかし、日本の現代文学を紹介する英語文芸誌『ＭＯＮＫＥＹ』の第四号に、このような衝撃的なページがありました。〔能面の写真が大きく載ったページを見せる〕

実に衝撃的です。現代文学にフォーカスした雑誌にもかかわらず、これは過去の日本文化である「能」です。もはや既存の枠にとらわれる必要はなく、現代日本文学だけが最もクールでアバンギャルドな存在である必要もありません。

一方で、村上春樹氏は、近代の日本文学に関し、夏目漱石や芥川龍之介などの作品集に序文を寄せています。

二〇〇六年のシンポジウムで私が話した際は、ドストエフスキーの小説の新訳版のように、村上作品の第二、第三の新訳版が書店に並ぶまでには、多くの年数がかかるだろうと言いました。

しかし嬉しいことに、十分長生きしたおかげで、村上春樹『世界の終りとハードボイルド・ワンダーランド』の私の新訳が刊行予定です。

タイトルはもはや、“Hard-Boiled Wonderland and the End of the World”ではなく、“End of the World and Hard-Boiled Wonderland" という一九八五年に日本で刊行された原題と同じ順序になるのです。

まさに現代日本文学の新時代が到来していると確信しております。

司会　ルービン先生、どうもありがとうございました。そうですね。今英語圏で読まれているのは『ハードボイルド・ワンダーランドと世界の終り（"Hard-Boiled Wonderland and the End of the World"）』ですが、またルービン先生の名訳で原作通りに『世界の終りとハードボイルド・ワンダーランド』が楽しめることを本当にお待ちしております。

※司会：権慧（早稲田大学国際文学館助教）

第一セッション——新しい世代の作家にとっての日本文学

司会　第一セッションは、新しい世代の作家にとっての日本文学がテーマです。村上作品や日本文学から刺激を受けてきた作家の方々をお招きして、ご自身の読書体験や執筆活動についてお話しいただきます。

モデレーター役を、東京大学名誉教授で現在早稲田大学の特命教授、そしてアメリカ文学翻訳家の柴田元幸先生にお願いしています。

柴田元幸（以下、柴田）　ジェイよりは少し若いんですけれども、もうじき七〇にならんとしております。新しい世代の作家にとっての日本文学と言っているのに年寄りばっかりじゃないかと思われるかもしれませんが、この後に出てくる方々は皆さん若いので、老人は僕で終わりですからご安心ください。（会場、笑）

今ジェイ・ルービンさんが、二〇〇六年の村上文学をめぐるシンポジウムの様子と、その成果についてお話しくださいました。あれから一七年経って、日本文学を取り巻く環境はず

柴田元幸（しばた・もとゆき）
アメリカ文学研究者、翻訳家。東京大学名誉教授、早稲田大学特命教授。講談社エッセイ賞、日本翻訳文化賞、サントリー学芸賞、早稲田大学坪内逍遙大賞受賞。ポール・オースター、スチュアート・ダイベック、レベッカ・ブラウンをはじめ現代アメリカ作家の翻訳多数。文芸誌『MONKEY』（日本語版・英語版）責任編集。

いぶん変わったなと実感します。ルービンさんが最後に何人か作家の名前を挙げてくださったとおり、今では実に多くの日本の現代作家の作品が翻訳されるようになりました。それも、ただ出版されるだけ、出されるだけというのではなく、確実にそれらの翻訳が読まれ、評価されている、そういう感触があります。

　僕は英語圏のことしか言えないですけれども、*The New York Review of Books* や *The Times Literary Supplement* といった書評紙・誌を見ていても、川上弘美さん、小川洋子さん、小山田浩子さん、中村文則さん、そういった人たちの作品がじっくり長文で書評されていることも珍しくありませんし、いわゆる文学賞の受賞を見ても、多和田葉子さんの『献灯使』、英語では *The Emissary* というタイトルですけれども、これがマーガレット満谷さんの訳で二〇一八年に全米図書賞を受賞しました。松田青子さんの『おばちゃんたちのいるところ』、英題は *Where the Wild Ladies Are*、とモーリス・センダック（かいじゅうたちのいるところ：*Where the Wild Things Are*）をもじったタイトルですけれども、これがポリー・バートンさんの訳で二〇二一年に世界幻想文学大賞（the World Fantasy Award）を受賞しましたし、川上未映子さんの『ヘヴン』がデビッド・ボイドとサム・ベットの共訳で、残念ながら受賞には至りませんでしたが国際ブッカー賞（the International Booker Award）の最終候補になったり……というふうにいろんな形で新しい世代の日本文学が脚光を浴びています。もちろん一番大事なのは一人一人読者が本を手に取ってくれるということですけれども、賞や書評などもある程度目安にはなるのではないかと思います。

映画の世界では黒澤、溝口、小津の時代から日本映画は世界映画という場所の中で一定の地位を得てきたし、今も得ていると思います。日本文学も、それと同じような地位を世界文学の中で今や得つつあるのではないかと思えます。

これも英訳についてしか言えなくて申し訳ないですけれども、僕自身が英語の、さっきジェイが紹介してくれた文芸誌を作っているその実感から判断する限り、翻訳の全体的な質も確実に上がっています。作品を選ぶ目もそうだし、翻訳自体も素晴らしい。そういう優れた英訳者の名前を、何人も挙げることができます。挙げると挙げなかった人に恨まれるので挙げないですけど（笑）、とにかく優れた翻訳者たちがよい作品にいち早く目を向けて、優れた翻訳の作成にいそしんでいるという、大変喜ばしい事態が生じているという実感があります。強いて欠けているピースがそこにあるとすれば、英語圏に限った話で言えば、誰が今後、町田康の作品を本格的に英訳するかというのが、これから埋められるべき大きなピースだと思います。でも優秀な翻訳者たちの多くが町田作品の翻訳を目標として掲げているので、あの変幻自在の声が英語で再現される日も遠くないのではと期待します。

こうした喜ばしい変化は、もちろん日本文学自体に今活気があるからこそ可能になっているわけですし、翻訳者、編集者をはじめとして出版に関わる全ての人の努力の賜物であり、またこのシンポジウムを主催してくださった国際交流基金（The Japan Foundation）のような文化交流を推進なさる方々の協力のおかげであることは言うまでもありません。

それとともに、村上春樹さんの作品が世界的に読まれるようになって、そのおかげで「どうも日本で何か面白いことが起きているらしい、日本文学に何か面白いものがほかにもあるんじゃないか」というような期待が世界の読者の間に生まれて、日本文学に目が向くようになっているということがあるんじゃないか。そういう空気の変化のようなものも、非常に大きいと思います。

今日はそういう新しい流れの中で作品を書いてきた五人の書き手の方々に集まっていただき、どういう空気の中で文学に親しみ、作品を発表してこられたのかといったことを、とりわけ村上春樹作品をはじめとする現代日本文学との関係において語っていただこうと思います。

二時間弱のパネルになりますけれども、どうぞお付き合いください。

五人のパネリストの方々には、僕からあらかじめ、それぞれちょっとずつ違った質問を一つお送りしてあります。まずは、その質問への反応という形で語っていただこうと思います。

一人目のパネリストはチョン・イヒョンさんです。チョン・イヒョンさんの作品は、日本でもすでに何冊も翻訳が出ています。斎藤真理子さんが訳された短編集の『優しい暴力の時代』、それから橋本智保さんが訳された長編の『きみは知らない』という作品、こういう作品を拝読すると、現代の韓国においてどういう空気の中で人々が暮らしているのか、その中でどんなややこしい人間関係が繰り広げられているのか、そういうことの実感が非常に生々しく伝わってきます。

その意味では、現代韓国を知るための絶好の資料とも言えるんですけれども、そういう資料的な要素を超えて、どの作品を拝読しても、一人一人が内面の奥に抱えている闇のようなもの、言葉にならないものの手触りがじわじわ伝わってくる。読んでいて、その点がとりわけ素晴らしいと思いました。特に、一九九五年にソウルの三豊《サンプン》百貨店が崩壊した事件を背景に使った短編「三豊百貨店」を読むと、個人が抱えている闇と、韓国の社会が抱えている闇の二つがオーバーラップする、重なり合う、その感触がしっかり伝わってきます。

チョンさんからは、作家として村上春樹に学ぶところがあったということを伺ったので、まずはズバリ、村上さんからどういうことを学ばれたかという点をお答えいただければと思います。

1　私にとって村上春樹が持つ意味——チョン・イヒョン

チョン・イヒョン（以下、チョン）　こんにちは。私は韓国の小説家、チョン・イヒョンです。みなさんにお会いできてうれしいです。本日、私がこの場に来ることになったのは、質問の前に付いている一つの前提に引かれたからです。それは〝私にとって〟です。

私は、〝村上春樹氏の文学にはどのような意味があるのか〟について、語れるほどの専門家ではないかもしれません。しかし、〝私にとって村上春樹氏はどのような意味があるのか〟についてなら、言いたいことがたくさんあります。

チョン・イヒョン（鄭梨賢／Jeong Yi Hyun）
大都市に住む個人の不安や、個人と社会の関係をテーマに作品を発表し続けている。小説『マイ スウィート ソウル』は韓国で50万部以上売り上げた。「文学と社会」新人文学賞、李孝石文学賞、現代文学賞など受賞。邦訳書に『マイ スウィート ソウル』（清水由希子訳、講談社）、『優しい暴力の時代』（斎藤真理子訳、河出書房新社）、『きみは知らない』（橋本智保訳、新泉社）。

村上春樹氏は、私だけでなく世界中の読者にとって特別な作家です。自分にとって彼の小説は特別な存在であること、そして自分の人生における村上春樹歴について、語らずにはいられなくなるのです。

自分と世界の関係について探求することが文学の本領だと思っております。私が村上春樹氏から受けた最も大きな影響は、何よりも作家としての姿勢です。

いまここでいう姿勢とは、アティテュード（attitude）、スタンス（stance）、ウェイ（way）、そしてスピリット（spirit）までをも含む概念です。

スーザン・ソンタグは『隠喩としての病い／エイズとその隠喩』の序文で、病気を隠喩として捉えることには警戒しなければならないと書いています。つまり、病気になることを何かの報いであると考えたり、感傷的なファンタジーに仕立てたりすることの危険を指摘しているのです。

感傷的なファンタジーという表現に、私は前の時代の作家たちを思い浮かべます。長い間作家は、一般人とはやや異なる種族であるというロマンチックな神話の中にいました。彼らは一種のサロンの中の、赤いカーテン越しのシルエットとして存在していたのです。奇行や奇癖は、芸術家の習性と特権として容認されました。

しかし、村上春樹氏は違います。彼は〝心身の贅肉を落とし、規則的に生活し規則的に走り規則的に書く〟作家です。長く書き続けるために、です。私は、その誠実で偉大なルーティーンを実践する精神を村上春樹氏から学びました。

彼は〝体力が落ちれば思考の敏捷性、精神の柔軟性も失われる〟と言っています。こうした〝老い〟とは、生物学的な年齢だけの問題ではないでしょう。〝物理的な贅肉であれ、メタファーとしての贅肉であれ、多くの作家は自然な衰えを、文章テクニックの向上や、意識の熟成のようなものでカバーしていくがそこには限界がある〟という言葉から、常に現役選手として書くことに正面から勝負しようとする作家の姿勢を学ぶことができます。〝深い闇の力に対抗するには、フィジカルな強さが必要〟という言葉にしても、長年文壇に身を置いている先輩だからこそ言える言葉です。

スーザン・ソンタグの言葉を借りれば、村上春樹氏は〝隠喩としての文筆〟ではなく〝実在としての文筆〟、writing as a real thing がどんな姿であるべきかを、直接、実践を通して教えてくれた先輩です。

誠実な書き手である村上春樹氏は、今や一つの象徴になっています。

私たちは彼を通して、エゴイストとしての作家ではなく、個人主義者としての作家の役割について認識するようになりました。それはライフスタイルの側面を超えて、文筆で人生を思惟《しい》する方法、そして世の中に対応する方法にまで拡張されました。

川上未映子氏との対談で村上春樹氏は〝自分が見定めた対象と全面的に関わり合うこと、そのコミットメントの深さが大切だ〟と言っています。

一般的に彼の文学は、ある時期に、ディタッチメント（detachment）からコミットメント（commitment）へ転換されたと言われています。〃深い闇の力に対抗するには〃といった前提が改めて重要に感じられます。その転換は自身の内外、即ち他人の苦痛を具体的に認識した瞬間に起きたと私は思っています。

文学が具体性を持つようになるのは、いつでしょうか。

言葉では言い表せないような押しつぶされた他人の苦痛と悲しみを、明瞭な言語にしようと試みた瞬間ではないでしょうか。作家とは不可能に思える闘争を通じて、何とかして他人を理解しようとすることに自身の人生を捧げる人たちです。従って、村上春樹氏が〃良いマラソンランナー〃だという表現には二つの意味が含まれています。彼は現実にマラソンランナーですが、文筆において彼のマラソンは、決して手を抜くことを許さず、その全ての瞬間を自らが体験し立ち向かわねばならないという事実を立証するものなのです。

村上春樹氏は二〇〇九年のエルサレム賞の受賞スピーチで、〃私たちは高く堅牢な壁の前で卵である〃と言いました。作家として自分はその卵の側に立つという約束と共に、自身が小説を書く理由は〃個人の魂の尊厳を浮かび上がらせ、そこに光を当てること〃だと言ったのです。

その言葉に私は、深く共感しました。私が小説を書く理由も同じだからです。どんな作家にも書かずにはいられない物語があります。

先ほど紹介してくださった私の短編「三豊百貨店」に関する話です。私がその小説を書いた当時は、村上氏の〝コミットメント〟という言葉を知りませんでした。しかし今考えてみると、その小説を書きながら、私も一種のコミットメント状態への転換を経験したような気がします。

三豊百貨店の惨事とは、一九九五年六月にソウルの百貨店で起きた大規模崩壊事故のことです。

当時、近所に住んでいた私にとって、そこは非常に特別で個人的な空間でした。あの日私が三豊百貨店を後にして一時間も経たないうちに崩壊事故が起きたのです。私はかろうじて事故を免れましたが、あまりにも多くの人々が崩壊した建物に閉じ込められ、命を落としました。圧倒的な悲しみと自責の念は、その後も長きにわたり私の青春を支配しました。

三豊百貨店の事故は死者五〇二人を含む、約一五〇〇人の死傷者が出たと公式に記録されています。この五〇二という数字は一括りにできるものではなく、人の命の数なのです。それぞれの人生を、愛を、夢を持った、唯一無二の人たちがこの世から空しく消えたのです。その一人一人を、記録ではなく記憶に残したいと思い、私は『三豊百貨店』を書きました。私の小説は村上春樹氏の『アンダーグラウンド』のようなルポルタージュ形式ではありませんが、大惨事の後に残された人々の本当の思いについて書きたいという切迫した心情、その使命感は似ていたと思います。

最近、私は〝卵と壁〟について、ボーッと考える時間が増えました。特に村上春樹氏の新作『街とその不確かな壁』を読んでからはなおさらです。

以前よりもいっそう不確かな壁が、謎のように存在するこの時代に、文学はどのようにして他人の苦痛に感応することができるでしょうか。

＊

ここ数年、世界はコロナという共通の脅威に直面しました。

その非対面と不安の日々も過ぎ、今やポストコロナ時代です。

その間、丸い屋根のドームに凝縮されていたエネルギーは、自己破壊的であるだけでなく、時に他人や社会にも向けられて噴出されることが多くなったと感じます。また、ＳＮＳ

などの超高速ネットワークは、他人と迅速かつ緊密にコミュニケートしているという錯覚を起こさせますが、実際はそうではないため、私たちは以前には感じることのなかった新しいタイプの疎外感を抱いています。

こんな時代に私たち〝卵〟は、果たしてどのように生きるべきでしょうか。どのように耐えなければならないのでしょうか。

文学はそれに対する確固たる答えを持ってはいません。

文学には一つの正解が存在しないばかりか、会場にいらっしゃる皆さんもご存じのとおり、それほど力強いものでもないからです。ですが文学は、読者が答えの糸口を探す旅に寄り添うことはできます。

ここにいらっしゃる柴崎友香さんの短編「ハルツームにわたしはいない」では、高層マンションがなくなり、更地となった場所の描写で〝暗い巨大な空洞〟のようだという表現が出てきます。そして、〝そばに、一本の欅《けやき》が立っていた。梢が風で揺れた〟と続きます。

その場面を読んで私は〝ああ、これが文学だ〟と今更ながら納得しました。

風に揺れる梢をじっと見つめるという最も静的な方法でも、文学は世の中と向き合うことができるのです。そうだと信じたいです。

今、新しい暴力を傍観したり回避したりしないで書くことが求められています。改めて、村上春樹氏のコミットメントの精神をめぐって悩む時です。何をどのように書くのか悩むのは、私を含め、後輩作家たち一人一人に課せられた使命でしょう。努力と決断が必要だということは分かっています。回避せず、規則的に孤独に走ること。それが作家の勇気であり文学だということを、村上春樹氏は私たちに教えてくれました。

『街とその不確かな壁』の一節を読んで、私の話を終えたいと思います。

「壁の笑い声を聞きながら、私は顔を上げずにまっすぐ前に走り続け、そこにあるはずの壁に突進した。今となっては影の言うことを信じるしかない。恐れてはならない。私は力を振り絞って疑念を捨て、自分の心を信じた」

以上です。ありがとうございます。

柴田　村上春樹さんの作品の中では、父殺しというのが大きなテーマだと思います。村上さんとその下の世代の作家たちの関係を考えたら、村上さん自身が父殺しの対象になっていてもおかしくありません。でも、ずっと見てきて、公の場でも私的な場でも、村上さんが殺すべき父として語られるという状況は経験がありません。むしろ今のチョン・イヒョンさんのお話のように、むしろ作家としての姿勢に共感しリスペクトするという、そういう反応の方が多い。その素晴らしい実例を今伺ったように思います。ありがとうございました。

2 文学は人生を救うことができる——ブライアン・ワシントン

柴田 二人目はブライアン・ワシントンさんです。テキサス州ヒューストンからおいでいただきました。つい先日、三冊目の著作の *Family Meal* という作品を刊行されたばかりで、一作目は *Lot* と簡潔に題された、ヒューストンを舞台にした連作短編集とも言うべき作りになっていて、かつてジェイムズ・ジョイス（James Joyce）がダブリンについてやったこと、あるいはシャーウッド・アンダーソン（Sherwood Anderson）がオハイオ州ワインズバーグ（Winesberg, Ohio）という架空の場所でやったこと、要するに短編を並べて一つの場所を全体として浮かび上がらせるという、そういうことを今日のヒューストンについて、ワシントンさんが新しい文体でなさっているという実感を強く持ちます。

内容を見ても人種（race）の問題があり、それからジェンダーの問題があり、階級（class）の問題があるというふうに、今日の最重要トピックについて学ぶところ満載ですけれども、チョン・イヒョンさんと同じで、そういう社会学的な資料価値というのももちろんありますが、それを超えたもっと根本的な人間関係、特に家族関係の複雑さ、深さに触れている作品を書いていると感じます。それは*Lot*のみならず、次の*Memorial*という長編で、こっちはヒューストンに加えて大阪も舞台にした作品ですけれども、これについても言えると思います。

ワシントンさんには村上春樹に限らず、日本の文学、映画、そういったもの全体から、どういうインスピレーションを得てきたかをお尋ねしました。それで、ワシントンさんはまだ日本語訳がないので、連作*Lot*の巻頭作“Lockwood”を訳しましたので、今日お配りした資料の中に入っています〔本書九六―一〇三頁にも掲載〕。よかったら後でご覧になってください。

ではワシントンさん、よろしくお願いします。

ブライアン・ワシントン（以下、ワシントン）　まず私が村上作品を語る上で大事な点は、私が初めて読んだ村上春樹の長篇が『海辺のカフカ』であったということです。

当時、私はヒューストン郊外のサンドイッチ店で働いており、本自体に、ましてや翻訳のフィクション作品に接する機会は、大都市に比べたら限られていましたが、幸い図書館の近くに住んでいたので、そうした機会に恵まれました。そして村上作品にはまず『めくらやなぎと眠る女』や『神の子どもたちはみな踊る』といった短編集に出合いましたが、初めて読んだ長編は『海辺のカフカ』でした。そこには、記憶、ケア〔他人を大切に思うこと、他人を大切にすること〕、家、家族についての問いが、それまでに一度も読んだことのない形で描かれていました。

この作家は、私のために作品を書いているわけでもないし、私の人生に何の関わりもない作家です。しかし、その作品に親しみを感じました。私が抱いていたものと同じ問いが、その中に描かれていました。それによって、私と本の間で対話が生まれました。

この対話を通して、私は他の作家の作品へと導かれ、桐野夏生の『ＯＵＴ』や『リアルワールド』、小川洋子の作品や、川上弘美の『センセイの鞄』などを読みました。家族や記憶やジェンダーに関する問いが、村上作品で提示された対話から角度を変えた形で、女性作家たちによって投げかけられていました。それぞれの作家が自分たちの物語を自身の言葉で書いているわけですが、彼女らの問いかけは、互いを行ったり来たりして、応答し合ってい

ブライアン・ワシントン（Bryan Washington）
Family Meal、*Memorial*、*Lot* の著者。ナショナル・ブック・ファウンデーションの「５アンダー 35」をはじめ、ニューヨーク公共図書館ヤング・ライオン賞、アーネスト・J・ゲインズ賞、ディラン・トマス賞、ラムダ文学賞を受賞。James Tait Black Prize, Joyce Carol Oates Prize, PEN/Robert W. Bingham Prize, National Book Critics Fiction Prize の候補にも選出。ヒューストンと大阪を行き来している。The remarks/presentation at the Symposium

ました。お互いが言葉を一方的に投げ出すのではなく、対話が共有されていたのです。こうしたことが私自身の作品においても、非常に重要となったのです。

チョン・イヒョンさんが言ったように、文学に正解は必ずしも存在しません。つまり解決もありません。ですが対話を行なうことはできます。道を敷いて、問いに応答することができます。これらの作品を様々な角度から読むことは、自分の作品でもどうやったら同じようなことができるか考える上で重要なことでした。「ケア」、「家族」、「家」に関する問いは、東京や大阪から遠く離れたヒューストンという街に生きる私にも共通の関連性や不変性を備えており、非常に重要なものでした。

そして私は、日本の映画作品にも触れました。例えば濱口竜介監督の『ドライブ・マイ・カー』や柴崎友香さん原作による『寝ても覚めても』などです。また、ふくだももこが脚本と監督を務めた『おいしい家族』、細田守の『未来のミライ』や『サマーウォーズ』、是枝裕和の『歩いても歩いても』や『ベイビー・ブローカー』などの作品にも同じものを感じました。

これらの作品は様々な意味で、形は違っていても、同じ問いや対話の延長線上にありました。都市も国も違うのに、作品を超えて、登場人物同士が互いのまわりをぐるぐる回っているのを見る思いでした。物語自体に関する限り、起きている出来事はそれぞれ互いに無関係なのに、家、ケア、家族などに関する同じ問いがそこにはあったのです。家族とは必ずしも血のつながった人たちとは限らないこと、ケアとは人それぞれ違って見えるものだということ、ケアをめぐる解釈や感じ方は朝と夜でも変わることがある……。

ケアに関する問いは、パンデミックの日々を生きていく私たちにとって特に重要です。一人一人程度の差こそあれ、概念そのものが二〇二〇年二月以来根本的に変化しているように思えますが、誰一人として具体的な解決策を導くことはできていません。誰一人、具体的な答えにはたどり着いていないし、いまだに皆が問い続けています。

文学はいろんなやり方で、私たちが日々を生きていくなかでそれらの問いに迫るための地図、青写真を与えてくれます。必ずしも答えを探すとは限らないし、結論を探すとも限らない。希望やお手本を探すこともあるでしょうし、生きる範を探したり、この世の中を生きていく方法を探したりすることもあるはずです。村上作品においても、こうした要素が私にとって重要でした。

いま言及した作家たちの作品において、これらの要素は重要だったし今も重要であるわけですが、記憶、家族といった大事な要素に加えて、思い出す、回想するという作業も重要であり、そしてこれはいくぶん不思議な作業だとも言えます。

ある出来事を思い出すという作業は、何気なく行なうものだと誰もがなんとなく思っています。私たち個人の中で暗黙のうちに起きることですが、実のところ、現実の中で起きる動的な行為でもあります。

このホールを去る時、私たちは同じ空間を共有したことになります。同じことを見たり聞いたりしたことになりますが、それをめぐる回想は、各個人に固有のものになります。

この思い出すという行為、ある場所に居合わせるという行為が、川上さん、小川さんをはじめとする方々の作品でも、動的な行為として描かれています。

それは思い出す営み、互いにケアを示す営みです。家族のそばにいて家族を形作る営みであり、家を見つける営みであり、そうした営みは一人一人違って見えています。

こうした事柄に思いをめぐらしながら、私は作品を書き進めたのです。そして、そういう作業が可能なのだということを知るために、私にはお手本が必要でした。田亀源五郎の『弟の夫』のような作品は、ケアには様々な形がありえるということを知る上で重要でした。

吉本ばななの『キッチン』、『哀しい予感』、またそれ以降の小説も、家の見え方が一つではないのと同じに、ケアというものの同一の見え方は存在しないことを示してくれました。

この会場に多くの人がいるように、ケアにも様々な形があります。

家の概念も、ここにいる人の数だけありますが、それでいいのです。

家をめぐる対話や家族をめぐる対話、ケアをめぐる対話を、一つの特定の定義や、一つだけの在り方、見方、正しさに限定するのはとても簡単なことでしょう。

フィクションや文学は、ひとつの役割として、そうした唯一正しい在り方、生き方といった思い込みを壊してくれることによって、人生をより良いものにしてくれると思うのです。

数日前、今週の初めに、吉本ばなな氏と共に、彼女の小説『哀しい予感』のアメリカでの出版を記念したイベントを行ないました。彼女が話した中で私にとって重要だったのは、彼女の作品の登場人物たちがどのように癒しの道、癒しに向かう道を探し出そうとするかです。その営みがどういったものになるか、彼女自身は分かっていなくても、その道を探す旅自体がストーリーのありよう、ストーリーの向かう先を明かしてくれているのです。

登場人物がどこから始めて、どこで終わり、どこに行き着くか、ということでは必ずしもありません。癒しに向かう旅自体、その癒しが登場人物にとってどう変わっていくか、癒しが人物をどう変え、彼女たちを取り巻く世界をどう変えるか、彼女たちが世界にどうアプローチし他者からどうアプローチされるか、そうしたいろんな事柄が実に多くのやり方でストーリーを作り上げているのです。

ここにこそ文学があります。癒しに向かう旅、何かに向かって動いていくこと。それこそ昔も今も私の作品にとって重要な要素ですが、ほかの人たちの作品で範を見たからこそ、私にとっても重要な要素になったのです。

『海辺のカフカ』のセリフを思い出します。登場人物がこう言います。「あなたさえ私のことを覚えていてくれれば、ほかのすべての人に忘れられたってかまわない」

記憶というこの問題は、今の私たちにとってとりわけ心を揺さぶられる問題です。今日、私たちの注意を引こうと多くの意図が競い合い、頼みにしてきたシステムが次々に崩壊し、多くの古いモデルが使い物にならなくなる中で、私たちは新しいモデルを探し、モデルからモデルへとせわしなく移動しています。移動し、変化し、それぞれの旅を続ける中で、世界は不確実な要素に満ちています。けれど、まるで瞬間ごとに移動する営みが流砂のように感じられても、文学はそこにあります。それは地図であり、ガイドです。

様々な在り方を示すのは小説家であり物語作者です。しかし、同じくらい大事なことに、物語を、長編を、短編を読んで、それらを自分の人生に取り入れるのは読者です。私たちめいめいが文章を読み、文章が私たちの一部になるのです。

そして、それは世界に対する見方を変え、世の中を生きていく方法を変え、自身について期待するものを変え、他者から期待するものや他者について期待するものを変えていきます。このようにして、文学は人生を救うことができます。人生を変えうる、稀有なものなのです。

読者や聴衆と、文章と作家の間の関係。それは重要なものですが、それが成り立つためには両者が能動的に参加しないといけません。それは互いに能動的な関係なのです。それは記憶を保存する行為です。そして最も重要な点は、それは集合的記憶であって、私たち全員がその事柄に対して貢献し、役割を担って初めて有効となるのです。私たち一人一人が、記憶すること、物語を構築していくことの集合的認識において重要な構成要素であり、それぞれ役割を持っているからです。

村上作品はそのことを確かに示してくれましたが、それを裏書きし、高め、強調してくれたのは、他の作家たちの作品でした。物語が刻々変化し、記憶が記憶自体を変えていくことも、多くの方々にとってそうであるように、私にとっても重要な要素となっています。けれども、文学は、記憶を保存する営みがどれだけ重要であるか、重要でありえるかを示してくれるのです。

柴田　ありがとうございました。お話の最初のほうで、『海辺のカフカ』を読んだ時に記憶について今まで読んだことのない書き方に出合ったということをワシントンさんがおっしゃいました。そういうところに海外文学、外国文学を読む一つの意義があるだろうというふうに思わされます。要するに自分の国の文学にはないものをそこに見出すという効用、外国文学を読むことの効用と、もう一つはそれだけ違った世界、社会なのに同じものがここにあるという感覚、その両方を見出すことに意味があるのだろうと思います。

言うまでもなく、今のお話もどんどん外国文学の効用といった話を超えて、文学の効用ということに話は広がっていって、○○文学といった限定を無用にしてくれる議論だったと思います。

3　日本文学との出合い――アンナ・ツィマ

柴田　では、三人目はアンナ・ツィマさんです。プラハの出身で、現在は日本に住んでいらっしゃいます。二〇一八年に原書が出された『シブヤで目覚めて』という小説の著者で、これは阿部賢一さんと須藤輝彦さんの二人の共訳で邦訳が出ています。一冊といっても、大抵の本の何冊分ものエネルギーが詰まった本で、基本的には二つの話が交互に語られます。一方では、チェコの若い女性がプラハで日本文学の研究や翻訳に携わる話で、もう一方では同じ女性が渋谷にいて、幽霊になって渋谷をさまよう話。この二つが交互に語られる中に、小説内小説として、関東大震災のころに書かれたと思われる謎の小説も入ってくるという、極めて凝ったつくりになっています。

これは文学における日本表象（representation of Japan）の斬新な例というふうにも言えると思うんですけれども、そういう非常に現代的な、とてもポップなつくりの中に昔の小説、日本の小説を捏造するという形で、過去の日本文化への愛情も深く感じられて、とにかく読んで楽しい小説になっています。

ツィマさんにいろんなことをお尋ねしたいのですけれども、まずは日本文学、日本文化にご自身がどういうふうに出合われたかということ、それからチェコの読者が今どういうふうに日本の文学、文学に触れているか、まずそのあたりからお話しいただけますか。

アンナ・ツィマ（以下、ツィマ） 皆さん、こんにちは。ツィマと申します。どうぞよろしくお願いいたします。

それでは、私が日本文学に初めて出合った時のことを短く語ります。私が初めて日本文学に出合ったのは一三、一四歳のころでした。その時はすでに日本に興味を持っていて、脚本家の父に芥川龍之介の短編集を薦められました。もちろんチェコ語訳です。それを興味深く読んで、もっと日本文学を読みたいという気持ちを強く感じて、出版されたばかりの村上春樹のチェコ語訳の『アフターダーク』を、自分の貯金したお金を取って買いに急ぎました。

村上春樹は、その時チェコでブームになっていたと言えます。『ノルウェイの森』はすでに訳されていたと思いますが、それがかなり大きい話題となって、ほかの作品も徐々に訳されるようになっていました。当時、『ノルウェイの森』を読みましたが、ティーンエージャーの私にはその内容がまだ難しくてちょっと理解できなかった覚えがあります。しかし、『アフターダーク』を読んだ時にその内容、そのファンタジー的な要素にすっかり魅了された覚えがあります。

アンナ・ツィマ（Anna Cima）
小説家、翻訳家。デビュー作『シブヤで目覚めて』が2018年マグネジア・リテラ新人賞を受賞。2022年、第2作『うなぎの思い出』をチェコで上梓。チェコ語の訳書にイゴール・ツィマとの共訳、高橋源一郎『さようなら、ギャングたち』、島田荘司『占星術殺人事件』がある。2024年に大江健三郎『万延元年のフットボール』のチェコ語訳を出版予定。2017年より東京在住。

その後私はほかの日本作家の作品を徐々に手に取って、谷崎潤一郎とか川端康成とか、ほかにも例えば村上龍や金原ひとみなどの作品を手に取って読んでみました。

そして、今現在のチェコでは日本文学といいますと、やっぱり一般の読者の多くが村上春樹の名前を挙げると思います。村上春樹がある意味日本文学の代表者となっていて、彼の文体や幻想的な要素こそが「日本的」だと思われていると思います。ほかの日本人作家のチェコ語訳ももちろんありますが、村上春樹がやはり一番有名です。

ただ、この状態はこれから少し変わるのではないかと私は思っています。例えば去年に出版された川上未映子の『夏物語』がかなり大きな注目を集めて、今年も『ヘヴン』まで出版されました。村田沙耶香の『コンビニ人間』は二〇一九年、小川洋子の『博士の愛した数式』は二〇二三年に訳されました。一方、三島由紀夫の『仮面の告白』は二〇一九年、夏目漱石の『こころ』は二〇二〇年と、今までチェコ語の翻訳がなかった日本文学の代表作も徐々に出版されています。ですからこれからも、ほかの日本人の女性作家、または今まで訳されていなかった戦後文学の傑作が出版されるようになるのではないかと思います。そうなったら、チェコ人の読者は日本のことをもっと理解することができますし、もっと日本文学の知識を深めることができるはずです。私はそれをとても楽しみにしています。

柴田　ツィマさんはご自身も作家であると同時に、日本文学の研究者・翻訳者でもあって、今は大江健三郎の『万延元年のフットボール』を訳されていると聞きました。

ツィマ　はい。翻訳自体はすでに終わっていて、今は編集のプロセスに入っているところです。

柴田　そうですか。そういう、ある意味では村上さんとちょっと通じるところがありますね。村上さんもアメリカ文学、アメリカ文化からインスピレーションを得て自分の小説を書き、今でも主にアメリカの小説を翻訳なさっています。ツィマさんも、日本文化にインスパイアされたということですよね。

ツィマ　はい。それは間違いないと思います。

柴田　インスパイアされて、そうやってご自分の小説を書き、日本文学を訳してもいるという、そういう双方向的なお仕事をなさっている。そのあたりについて、少しお話しいただけますか。

ツィマ　翻訳も創作もする作家の特徴として、やっぱりその二つの言語の表現の可能性や関係性をじっくり考えることになると思います。少なくとも、私の場合はそうです。翻訳の場合は、原文の文体をできるだけチェコ人の読者に伝えたくて、その特徴を守りながら訳そうとしています。しかし、チェコ語と日本語はやはりかなり遠い言語ですので、原文にあまりにも近いまま訳したらチェコ人の読者にとって意味が分かりにくくなる恐れがありますし、作品に悪い影響を与える可能性もあります。私は日本語とチェコ語の理想的なバランスを探し続けています。そして、そのような完璧な翻訳は結局不可能ではないかという疑問に悩まされながら、翻訳家としての満足感をあまり感じていません。「もっとうまくできるんじゃないか」という思いにずっと追われています。

　創作になりますと、独特な文体を訳している時に、自分の小説のチェコ語がその独特な日本語の文体に影響されていることを感じます。例えば大江健三郎の『万延元年のフットボール』の文体は、隠喩に豊かで複雑な文体だと言えますが、私はこの作品を三年ほど訳しているうちに、自分の作品が影響を受けて、「あ、大江っぽい文章を書いてしまった」と気付く場合も少なくありません。結局のところ、自分の文体を見ても、どこまでが私のものなのか、どこまでがインスピレーションを受けたのか判断しにくいです。

　訳している小説の文体が自分の訳文に影響を与えるのは、複雑な文体の場合だけではありません。軽いエンタメ的な文体を訳している時にも起こる現象です。私の第二の作品『うなぎの思い出』は七二〇ページを超えている作品ですけれども、四年間書いていた作品で、その間にいろいろな日本の文学を翻訳することで、自分の小説の文体が何度も変わっていくことに悩んでいました。だから、双方的な活動は私の執筆人生にとても良い、面白い影響を与えて豊かにしてくれる一方、自分の表現が両方から影響を受けているので、その中で自分を失くさないことに注意しなければならない場合も多いです。

柴田　ありがとうございます。翻訳を読んだり、ツィマさんの場合は自分で訳したりすることで、書き手としての自分も変わるという話は、日本文学を考える上でなくても非常に一般的なテーマだと思うので、ご自分の問題に引き付けてお聞きになった方も多いんじゃないかと思います。

4 台湾の作家たちが世界から得たもの——呉明益

柴田 四人目は台湾からいらした呉明益さんです。台湾では知らぬ人のない人気作家であり、日本でもすでに多くの読者がいます。特に文庫化された二冊、『歩道橋の魔術師』、それから『自転車泥棒』の二冊は、とりわけご存じの方が多いのではないかと思います。短編集のほうのタイトルで、「歩道橋」というすごく日常的なものと「魔術師」という非日常的なものが組み合わされていることからも窺えると思うんですけれども、呉明益さんの作品では、ごく身近な場所、本当に、町のすぐそこにあるような歩道橋とか、そういう場所の中に魔術的な魅惑がひそんでいるという、そういう融合ぶりが作品の大きな魅力になっています。『自転車泥棒』のほうでは、そこへさらに大きな歴史が入ってくる。台湾全体の歴史の問題が加わって重なって、極めて壮大な物語になっています。

いつ読んでも見事だと思うのは、どの作品でも非常に複雑な話、込み入った話が書かれているんだけれども、その背後で、作者のすごく明晰で論理的な思考が物語を支えているのが感じられることです。しかも明晰というだけじゃなくて、その明晰さがマジカルなもの、魔術的なものを殺さない。ここが読んでいていつも、なかなかまねできないんじゃないかと思うところです。

呉さんには、ご自身をはじめとする台湾の作家たちが、外国の文学や文化、特に日本の文学・文化からどういうインスピレーションを受けてきたかという、そういう非常に大きな問いを受けていただきました。

呉明益（以下、呉） 皆さん、こんにちは。申し訳ありませんが中国語で話させていただきます。

柴田さん、問いをいただきありがとうございます。この問題について、台湾文学史の観点からお話ししたいと思います。台湾は常に外来政権の下で植民地化されていた国であり、その文化は極めて重層的で混ざり合っています。台湾にとって日本統治時代は非常に重要です。半世紀という長きにわたる統治でしたから。

実のところ、日本統治時代の台湾には、ヨーロッパの象徴主義やシュルレアリスムを模倣した作品が既に存在していました。しかし、それは台湾の作家がヨーロッパに行ってこれらの文芸様式を体験する機会があったからではなく、日本の作家の影響を受けたためです。当時は日本の新感覚派の作家たちが、台湾の作家に影響を与えていました。私はよく授業で、これはまさに「キスのあとのキス（間接キス）のようだ」と言っています。台湾の作家は、日本の作家から西洋文学のスタイルや表現様式を得たのです。

呉明益（ウ・ミンイ　Wu Ming-Yi）
作家、アーティスト、デザイナー、写真家、大学教授、環境活動家。その作品が20か国語以上で翻訳されている。『複眼人』はフランスの島嶼文学賞を受賞するとともに、ベルリン国際映画祭で「Books at Berlinale」に選ばれた。『歩道橋の魔術師』はフランスのエミール・ギメ「アジア文学賞」候補に、『自転車泥棒』は2018年国際ブッカー賞候補にそれぞれ選出された。

一九六〇年代になると、台湾の作家は留学という形で世界中に赴きました。この時期、とても興味深いのは、台湾の作家の多くが外国語学部卒業、つまり英米語学部を卒業した人たちで、中国文学を研究した作家ではないということです。彼らは『現代文學』という雑誌を創刊し、体系的に西洋文学を台湾に紹介したため、台湾文学史ではとても重要なトピックとなっています。創刊号ではカフカを紹介しています。

私の世代の経験から言えば、若いころは幸いにも台湾の出版は自由でしたが、それ以前にも台湾の出版に影響を与えた場所がありました。それは香港の出版界です。一九五〇年代から六〇年代にかけての香港の出版は、全世界の中国語使用地域の中で最も自由だったと言えます。台湾には検閲制度がありますが、中国は言わずもがな、非常に厳しい検閲制度があります。そのため当時、台湾では、香港で翻訳出版された海外作品の海賊版がたくさん出回っていました。

一九七〇年代に入ると、台湾でも世界の文学作品が独自に出版されるようになり、それらは全てセット本でした。志文出版社のセット本には何百冊もの世界文学に関する本が収められており、哲学、社会学、文学に至るまで何でもあります。私が幼かったころはこのセット本にとても啓発されました。

台湾はまだ戒厳令の時代（一九四九―一九八七）で検閲が厳しかったので、若者が世界の映画や文学に触れることはとても難しく、その時期に私が観た世界の芸術映画は全て海賊版でした。大学入学前、台北市内の重慶南路という場所に通っていたのを覚えています。同業者が集まり、「台北の神保町」のようなところで、夜中になると自転車に乗った人が芸術映画を売っていて……。全て海賊版です。それが世界へ通じる私たちのちっぽけな窓でした。

その数年後、台湾の映画好きな若者たちが台湾の「金馬映画祭」に関わるようになり、そこで海外のアート映画が上映されることになりました。私と同世代の若者たちはチケット売り場にこぞって列を成しました。世界各地の映画を観るためです。そこにはもちろん日本映画も含まれており、初期のある年に紹介された六カ国一五本の映画のうち、四本は日本映画でした。それまでは、台湾の国民党政府が日本敵視の態度を取っていたため、私たちは十数年にわたりいかなる日本映画も観られなかったのです。

その時代に続くのは、日本の読者や観衆の皆さまがよくご存じであろう台湾ニューシネマ時代です。エドワード・ヤン監督やホウ・シャオシェン監督など、日本でも知名度の高い人気のある監督たちですね。先週、ホウ・シャオシェン監督がアルツハイマー病を患ったという悲しいニュースが台湾で発表されました。ですので、ホウ・シャオシェン監督の新作はもう生まれないでしょう。彼は台湾映画界においても最も重要な監督の一人です。

台湾の著名な評論家である詹宏志《ジャンホンジ》氏はかつてこう述べました。「一九六〇年以降、台湾はどの時代にも文学の影響力を凌駕するような文学作品が存在した。島国である台湾、そして長い間植民地であった台湾の、世界に関する情報への渇望は、しばしば文学の枠を超え、社会全体にまで影響が及ぶことがあるのだ」と。

彼は例を挙げています。一九六〇年代にはアンドレ・ジッドの作品が台湾の一世代に影響を与えました。文学が好きか否かにかかわらず、誰もが彼の哲学を通して西洋世界を知るようになったと言えます。一九七〇年代に台湾全土に影響を与えた世界的な作家といえば、ヘルマン・ヘッセです。当時台湾では四〇冊近くの作品が翻訳され、同じ作品でも異なるバージョンが出たほどですから、当時の台湾の読者がいかにヘッセの作品に夢中になっていたかが分かるでしょう。一九八〇年代の作家については皆さまよくご存じだと思います。全世界に影響を与えた作家、コロンビアのガルシア＝マルケスです。私はつい先週まで、マルケスの『百年の孤独』について大学で講義していました。私は現在、台湾の東華大学で選択科目の「世界文学」を受け持っており、基本的には存命の作家を取り上げているのですが、残念ながら十数年前にこの科目を始めて以来、取り上げた作家が毎年徐々にこの世を去っています。マルケスも他界した作家ではありますが、マルケスの影響を受けた存命の作家が大勢いるため、常にリストに入っています。

もちろん、マルケスのマジックリアリズム小説の影響を受けた作家は、私を含め台湾にはたくさんいます。

台湾は認知されることへの焦燥感がある国だと言えましょう。「世界は台湾を知らない」と常に台湾人は思っているので、科学技術面の業績以外に関して何かを「台湾の光だ」と興奮して言う台湾人は大勢います。このような深刻な焦燥感は、いまだに台湾社会に存在していると私は感じています。ただ実際には、台湾も世界の多くの文化や国々のことを知りません。例えば、台湾はチェコスロバキアのことをさほど理解していないでしょうし、もちろんコロンビアならなおさらです。ただ私の講義では、『百年の孤独』を紹介するためにコロンビアの歴史を必ず学ぶよう学生に求めています。なぜならマルケスのこの小説は、コロンビアの被植民地支配とその抵抗の歴史と絶対的に関連しているからです。このような歴史を知らずに、ただマルケスの文学的テクニックを学んでも、この種の文学の核心に触れることはできないと私は思っています。

一九九〇年代の台湾に影響を与えたのは、もちろん村上先生です。昨日私は思いがけず村上先生にお会いし［シンポジウム前日の夜、村上春樹氏とシンポジウム参加者が会う機会が設けられた］、「一七歳の時から先生の読者です」と興奮気味にお話ししました。というのも、その年は私が軍隊に入った年でした。台湾の男性は誰しも二年から三年の兵役に就かねばなりません。当時の私はそんな状況でした。退屈で仕方なかった私は、大学に合格した年に軍事訓練に参加している間、村上春樹の小説を読み始めました。その小説は短編集で、たぶんもともとの小説集のタイトルではなく、短編集『TVピープル（電視人）』に基づいたものでした。その本は今でも私の本棚にあります。

村上春樹が台湾で引き起こした現象は、文学の枠を超えたブームになりました。昨日、主催者のベテラン編集者数人と雑談した際も、皆がこの件について述べていました。「村上作品を店名にしたカフェが台北にあったと聞いた」と。そうなんです、私が若いころ、台北には『海辺の卡夫卡（カフカ）』や『挪威的森林（ノルウェイの森）』といった名のカフェがあり、台湾の若者が好んでぶらつく場所になっていました。

さらに、台湾には村上春樹の名を冠した建築物もあります。実は「樹」の中国語の発音が、「別墅〔「別荘」の意〕」の「墅」の発音と似ているのです。なので、「村上春樹」の名を用いた建築物を私は台湾で幾度も目にしました。私は台湾東部に位置する花蓮の東華大学で教鞭を執っていますが、日本の友人の皆さまには、もし台湾を訪れる機会があれば台北に滞在するのではなく、ぜひ花蓮にお越しいただきたいと思います。花蓮の私が教えている大学の隣には「村上春宿」という民宿があります。つまり私は村上春樹〔の作品〕を読んで育っただけでなく、建築物「村上春樹」で、またカフェ「村上春樹」のコーヒーを飲んで育ったのです。

村上春樹先生の作品は、非常に多くの台湾の作家に影響をもたらしています。私の青年時代は、村上春樹の文体の模倣を売りにした作家さえいました。もちろん、そのような模倣者が長く生き残っていくのは難しいので、今となっては、村上先生の文章の純然たる模倣作家の、台湾文学における影響力はすでにないと認識しています。

そして次世代のクリエイター、つまり若い作家の世代については、クリエイターの内実を定義するのがどんどん難しくなっています。漫画家や舞台演出家、映画監督であると同時に作家であったりするなど、非常に複雑なのです。現在、海外の文学作品や芸術作品が次世代のクリエイターに与える影響も非常に複雑になっていると私は思っています。彼らが古典作品を読む時間は減っています。同時代に存在する素晴らしい映画やテレビドラマ、コミックがたくさんありますから。私が若いころや上の世代の作家が触れていた世界文学においての「人類の精神」という枠をはるかに凌駕しています。

台湾は翻訳書の割合が世界で最も高い国の一つです。日本における海外文学や世界文学の割合はそれほど高くありませんが、二〇一一年、台湾では三〇％近い一万六九一一冊が翻訳書でした。つまり台湾は、私が接した世界のどの地域より翻訳書の割合が高い国と言えるわけで、台湾の若い世代の作家の文体が非常に多様であることも至極当然です。彼らは中国語圏で、恐らく最も文体が多様性に満ちた若手作家でしょう。彼らは新しい世界文学に触れ、台湾文学の様相を一変させましたが、私もまた、自らの文化的嗜好を追求するよう彼らに勧めています。学生たちには常にこう言っています。「私自身が世界の文学や映画に触発されたことで、自身の著作にプライドと責任感を持てるようになり、自分も彼らのような作家になりたいと努力するようになったのだ」と。

私の作品は世界各国の言葉に翻訳されていますが、そのほとんどは私が全く解さない言語への翻訳です。よく読者から、「呉《ウー》先生、ある言語に翻訳された作品がご自身の元の文体と異なっていたら気にしますか？」と問われますが、私の答えは「私はどんなふうに訳されているのかまったく知りようがありません」です。先ほど、柴田先生にご紹介いただきました私の作品『單車失竊記（邦題：自転車泥棒）』は実は『自転車泥棒（イタリア語原題・*Ladri di biciclette*）』というイタリア映画からもらったのです。*The Bicycle Thief* という英語タイトルが台湾で『單車失竊記』と中国語に翻訳されているのです。私の中国語の書名は『單車失窃記』という五文字を完全に引用したものなのですが、私の英語翻訳者は *The Stolen Bicycle* と翻訳したので、*The Bicycle Thief* という作品とはまるで関係ないように見えるものの、それらの内なるものは呼応しています。

これは最後に述べておきたいことでもあるのですが、異なる国、異なる言語の芸術であっても、作り手の心の中では互いに響き合っている、私たちの魂の中では共に交響する複雑な音の世界を作り出しているのです。

柴田　ありがとうございました。呉さんはまだお若いですけれども、呉さんの半生の中でも台湾文学が、文化全体がどれだけどんどん変わっていったかというお話で、すごいスピードとエネルギーで文化が動いていったんだということがよく分かりました。いろんな外国の文化を吸収するという面もあるし、それからもちろん政治に動かされるという面もある中で、とにかく文化がどんどん変容していくそのエネルギーというのが、日本だったら明治から百年以上かけて起きたことが、台湾では本当に呉さんの半生の中で、全て起きているんじゃないか、と伺っていて考えました。

5　私たちが文学を読む意味――柴崎友香

柴田　それでは最後に、別に日本を代表してということではなく、ごくシンプルに、after murakami と言える世代の優れた作家のお一人として、柴崎友香さんにおいでいただきました。

柴崎さんは、大学で人文地理学を専攻されたということにも表れていると思うんですけれども、場所ということに、特定の場所というより、場所というものについて考えさせる小説をずっと書かれる方という印象が僕にはあったんですけれども、二〇一二年に『わたしがいなかった街で』という小説を刊行なさって、これは戦争や震災の、それこそ記憶の問題が大きな要素になっていて、場所ということに加えて時間ということも柴崎作品の大きな要素になってきたように思います。

そして二〇二〇年に『百年と一日』という素晴らしい短編集を出されて、ここではそういう場所と時間の問題、その掘り下げ方、魅力がいっそう加速されているように思います。

柴崎さんには、贅沢なことに今の四人の方々のお話を聞いていただいて、そこから出発し自由にコメントしていただくということをお願いしました。では、よろしくお願いします。

柴崎友香（以下、柴崎）　柴崎友香です。ご紹介いただきましたように、今日は皆さんのお話を受けてコメントをという役割をいただきましたけれども、今お話しいただいた四人の方々の書かれたものを、これまで一読者としてとても面白く読んできましたので、観客として気楽にというか、楽しく聞きたかったなという気持ちもありつつ、とても充実したお話を伺えて、すごく自分でも考えるところがたくさんありました。

今お話を伺った四人の作家の方々も、今日ここにお集まりになった皆さんも、そして私にももちろん共通すると確信できることがあります。それは、誰もが自分の周囲の世界や人間関係でどこか居心地の悪さとか困難とかを感じてきて、あるいは何か足りないものがあるような気がするとか、どうしても見つけられないものがあるというような気持ちをずっと抱えて生きているということです。そして少し離れた場所や違う場所、これは空間的な距離だけでなく時間的に別の場所であったり、普段生活している世界とかコミュニティとは別の層という意味ですが、ここはちょっと別のところ、違うところに、今まで自分が感じていたけれども言葉にできなかったこと、どういうふうに表現していいか分からなかったことがここに書いてある、自分に似た人がここにいるという経験を、本と出合うことによってしてきた

柴崎友香（しばさき・ともか）
2000年に単行本第1作『きょうのできごと』を上梓。2007年『その街の今は』で藝術選奨文部科学大臣新人賞、織田作之助賞大賞、咲くやこの花賞、2010年『寝ても覚めても』で野間文芸新人賞、2014年『春の庭』で芥川賞を受賞。他の小説に『百年と一日』『待ち遠しい』『千の扉』『わたしがいなかった街で』『ビリジアン』、エッセイに『よう知らんけど日記』、岸政彦との共著『大阪』など著作多数。

という経験が絶対にあると思います。

小説を読むことも小説を書くことも、今までは見つけられなかったこと、どういうふうに表していいか分からなかったことを手探りで見つけていく、その道筋こそが本を読む、書くという経験、体験なんだと思います。

ブライアン・ワシントンさんと日本の小説家の小野正嗣さんが、コロナ禍の二〇二一年から二二年にかけて日本の文芸誌の『すばる』の誌上で、『会えない時代の往復書簡』（国際交流基金とすばるとの共同企画）というタイトルで手紙の形式でやりとりされていたのを読みました。

その中で、ブライアンさんも小野さんもコミュニティという話を何度もされていて、小野さんは、「小さかろうが大きかろうが都会であろうが辺境であろうが、どのようなコミュニティにも複数のよその土地の気配がある。現実の人間存在として含み込まれている」と書かれていました。血のつながりとか過去の起源というような垂直的なものだけでなく、愛情や友愛や信頼、出会いなどによって結ばれ広がっていく水平的なものであるはずだ、だからそれは常によそや他者への歓待へと開かれているものである、ブライアンさんの手紙を読んでそう考えたと書かれていました。

ある場所というか、自分が所属しているコミュニティの中では生きづらい時もあって、そういう時にどうすればいいのか。その生きづらい、苦しい、ちょっと息苦しくなった時に、よその場所になるような隙間だったりとか、余白というものが必要なんじゃないかと。それに応答してブライアンさんが、少し成長してから外国文学と出合って、散文の中に自分の場所を見つけることができたという経験を語っています。

今自分が実際に生きている社会の中では、縦の関係だったり、対峙したり、直接的な関係がつらくなることや身動きが取りにくくなることはたびたびあって、その中でちょっと斜めの場所、自分との直接の関係とはちょっと違う場所、少し別の層にある場所というのを私たちは必要としていて、外国文学や翻訳文学、また外国のものではなくても文学というものが自分の居場所、そこに自分の居場所を見つけるというものになりうるということを強く感じました。

先ほどのブライアンさんのお話の中で、今まで信じていたものが崩れそうな世界で頼りになるものが文学ではないかという話がありました。私は二〇一九年の初めにロシアに行った時に出版社の方お二人とお話をする機会があって、私より少し上の五〇代前半ぐらいのお二人だったんですけれども、ソ連が崩壊した後の激変する価値観の中で村上春樹の文学に出会って、それがいかに自分たちにとって拠りどころであったかという話を、熱心にしていたことを思い出しました。

小野さんの言葉の中であったように、私もそういう直接ではない、隙間があったりずれがあったり余白があることが重要じゃないかと感じています。空白だったり隙間というのがあるからこそ、ある言語で書かれた文学、ある言葉で書かれた文学が別の言葉になって翻訳文学が生まれる。別の土地で読まれる時に、どうしても生じる差のようなものだったり違いのようなものがあるからこそ、そこで生まれてくるものがあるんじゃないかと考えています。

私は子どものころからフィクション全般がすごく好きで、本だったりマンガだったりテレビドラマだったりに数多く接して育ってきました。

その中ではっきりと文学の言葉というのを意識したのは、小学校の教科書に載っていたジャン・コクトーの詩でした。その詩に感動してというか、こんなことを自分もやりたいと強く思ったのです。その話をずいぶん後になって、何十年も経ってから調べてみたところ、原文と翻訳が少し違うということに初めて気づきました。

翻訳したのは、日本でヨーロッパの詩を翻訳して、多くの人に影響を与えた詩人でもある堀口大學なんですけれども、堀口大學の創作というか、イメージを膨らませたような部分がかなりあるということを知りました。では、私が小学校でその詩に出合って以来、その後ずっと自分の創作の源泉というかエネルギーになり続けてきた、その源になっていたものはジャン・コクトーが書いた元の詩だったのか、堀口大學が演出というか工夫して付け加えた部分だったのか、その隙間にある何かだったのかということを考えるようになりました。

さらに、そのジャン・コクトーの元の詩は三行だけの詩だったんですが、それが日本の俳句に影響を受けていたということも知りました。日本語とフランス語、日本文化とフランス文化の中を行ったり来たり行き来する中で、響き合って生まれてきた詩であることに気づいて、元の詩とか後で付け加えられた翻訳というわけではなく、その隙間にあるものも含めてその全てを読むこと、翻訳すること、別の言語の文化で照らし出すこと、その謎めいた全てが私の書き続ける源泉になっているんじゃないかと考えるようになりました。

＊

先ほどアンナさんが、翻訳者として日本文学を翻訳する時に独自のものを伝えたいけれども、そのままだと意味が分かりにくくなってしまう。その中で、もっとうまくできるはずだと創意工夫されることをお話しされていました。しかもそれをやっているとどこまで自分のものなのか、自分の文体なのか、元の文体、元の文章なのかとか分からなくなっていくというお話をされていて、それはとても、私がジャン・コクトーの詩から考えたことと通じるように思いました。行き来する中で、何かが生み出されていく。いろんな国の文学がアンナさんの中で混ざり合ってというか、反響し合って生み出されてくるもの、書かれるものがあると感じます。

私自身は、アメリカ文化の影響をすごく大きく受けてきたなと思います。音楽とか映画とか、それから本当に政治からファッションまであらゆるカルチャーを、日本で暮らしているとアメリカの文化に大きく影響を受けるわけですけれども、先ほど呉明益さんが紹介されたように、外国の文化というのが色濃く自分の中に根付いていると思っています。

アメリカの小説に出合ったのはもう少し遅くて、二十歳ぐらいの時です。そのアメリカの小説というのはもちろん日本語に翻訳されたものでした。アメリカの現代小説を読み始めたきっかけは、柴田元幸さんが翻訳されたポール・オースターでした。そこから初めて、これが今現代の自分たちの同時代の小説なんだということにすごく感銘を受けて読み始めたんですが、そのころに最も影響を受けたのは、村上春樹さんが翻訳されたレイモンド・カーヴァーと、柴田さんが翻訳されたポール・オースターやスチュアート・ダイベックなどの作家でした。

そこで初めて、自分にしっくりくる感覚に出合いました。それは先ほどチョン・イヒョンさんがお話しされた、個人主義者としての創作態度だったり、過度に感傷的でない書き方というのと通じるものがあると思います。私も、翻訳されたアメリカの現代小説を読んで、こういう書き方があるのか、こういうふうに世界を表現することができるんだというのは、自分にとってとても大きな衝撃でした。それまでに、既に自分の人生の一部であったアメリカのロック音楽とか、インディペンデント映画に共鳴していたということもあると思います。

チョン・イヒョンさんは村上春樹の小説や創作態度から影響を受けて、三豊百貨店についての短編を書かれたというお話をされていましたが、私もチョン・イヒョンさんの三豊百貨店の短編を読んで、チョン・イヒョンさんと私はほぼ同年代で、やはり同じ九五年に起きた震災が私自身の人生にとって何であるかということを、やはり深く考えさせられました。私自身もその体験をどう書いていくかというのは、自分にとっての課題であるということを考えました。

私はアメリカ文学に影響を受けたと今までは思っていたんですが、今日の話を通じてレイモンド・カーヴァーやポール・オースターに影響を受けたと思っていたのは、アメリカ文学に影響を受けると同時に、翻訳としての日本文学に影響を受けていたのだということだと思いました。その反響し合う中で生み出されてきたアメリカ文学であると同時に日本文学であるものに、影響を受けてきたんだということを今日思い至りました。

私が初めてこのような外国の作家の方とのイベントに参加したのは、二〇一〇年のソウルでのことでした。その時は、日韓中の三カ国の作家が数人ずつ集まるイベントでした。そこで話す時に、韓国語の通訳の方だけしかおらず、日本語から中国語に翻訳される時は、一度日本語が韓国語に翻訳されてから、韓国語から中国語に翻訳されるという、二回の通訳が入る状況でした。

その時に、私は韓国語も中国語も分からないんですけれども、一段階までだと何となくお客さんの反応から、今あのへんを言っているなというのがあるんですけれども、二段階になるとそれが本当に私の話したことだろうかというのが、ちょっとつかめない感じになったんですね。それは自分にとって初めて経験する感覚で、その時まで自分にとって翻訳というのは、外国の言葉を日本語にすることで、遠いところにあるものが自分に近づいて来てくれることだと思っていたんですが、翻訳というのは自分から遠ざかっていくこと、自分が書いたもの、話した言葉が自分から遠ざかっていくことでもあるんだなというのをその時にすごく実感しました。その経験はとても大きかったです。

それから一二年、一三年が経って、今は九言語で私の作品の翻訳が出ていますが、その時はまだ私の小説はその企画で翻訳された短編ぐらいで、全然自分の小説の翻訳は出ていなかったんです。その後に自分の小説がいろんな言語に翻訳されるようになっても、かろうじて英語が何となく読めるぐらいで、でもニュアンスまでは分からないですし、中国語は漢字で、ここにはこの部分が書いてあると分かるのですが、ロシア語の本を開いた時には「太郎」という人名と「とうふ」、その二つ以外は全く分かりませんでした。そうやって自分の言葉が遠くに離れていくという経験をその後も重ねることになりました。自分から離れた言葉がどこへどう伝わるのか、なかなか分からないですが、外国に行って今日のようなイベントに参加した時に会場の読者の方が質問してくださって、その質問の内容から、こんなに深く読んでもらえているんだなとすごく感じる時があります。あとは本の装丁ですね。デザインを見た時に、こんなにもエッセンスが伝わっているのかと感動することが何度もありました。

自分から離れた言葉がどこにどう伝わるのか、伝わった先で思わぬ反響があるのか、それはずいぶん時間が経ってから届くものだと分かります。やっと少しずつ実感がわいてきている、まだその段階かもしれません。先ほどチョン・イヒョンさんが私の「ハルツームにわたしはいない」の話をしてくださいましたけれども、私が書いたのは二〇一〇年で、韓国語版が出たのは二〇一八年だと思いますので、書いてから一〇年近く経って韓国版が出てから五年ぐらい経って、今この場でさっきのようなお話が聞けるとは予想外で、そこに届いて今響いてきたんだなと思いました。こだまというのは遠くに響くからこそ返ってくるものであって、何かその反響、離れていく反響の中で、いろんなものと共鳴し合うというのを体感として感じたりもしています。

先日、パク・ソルメさんという韓国の若い作家の方とたまたまお会いする機会がありました。私はパク・ソルメさんの小説がとても好きで書評も書いていたので、「書評を書いたんですよ」と言ったら、パクさんが、「私は二〇一〇年のあのイベントに行っていました」と、思わぬお話を聞けて驚いたりもしました。

最初に柴田さんが、私は場所について書いているというふうに紹介してくださいました。この話の最初に、ここに居合わせた人たちはみんな作家であるか読者であるかにかかわらず、ここではないどこか離れたところに似た人を見つけたり居場所を見つけたり、今まで見つからなかったものがここにあるという経験をした人たちではないかというふうにお話ししました。

ここではないどこか、少し離れた場所というのは、どこかにあるユートピアみたいなことではありません。物理的に会うことも話すこともない、話すこともできない誰かと離れていても共に生きていくことができると感じられる場所のことではないかと私は思っています。

空間的な距離や時間だけではなく、私は一つの場所、ある場所を起点にそこの過去の記憶だったり、偶然そこの場所を共有することになった人たちの人生をたどる小説を書いているんですけれども、私ではない誰かがそこで生きているから、私はここで生きているというふうに思える――ここではないどこかとはそのような場所のことではないでしょうか。

別の場所、ある場所と別の場所、また別の場所、その往来、そこを言葉だったり文学だったりが行き来する、その往来のこだまの中で生まれてくるものがある。誰かと共に生きていく、誰かが生きた場所を今私は生きていて、実際に会ったり話したりすることができなくても、その人に支えられているような感覚を持つことができる。それが文学、私たちが文学を読むことの意味ではないかというようなことを今日は考えました。

柴田　ありがとうございます。今、お話の最初のほうで、ワシントンさんと小野正嗣さんの往復書簡に触れて、どこのコミュニティにもよその土地の気配があるという発言を紹介してくださいましたけれども、その一言が今の柴崎さんのお話全体の注釈になっているような印象を持って伺いました。

パネルディスカッション

柴田　ここからは皆さんにご自由に、お互いの発言に対してコメントしていただければと思います。僕からもう一つ伺いたいことがあるとすれば、今までのお話の全部逆を行く質問ですけれども、村上さんの文学は無国籍的だみたいなことがよく言われますが、皆さんの作品を拝見すると、ご自分のルーツとも言える場所のことをみっちり書いていらっしゃいますよね。チョン・イヒョンさんはソウルについて、ワシントンさんはヒューストン、大阪、ツィマさんはプラハと渋谷、呉さんは台北、柴崎さんが一番流動的かもしれないけれどやっぱり東京と大阪が多いかな。

というふうに、固有の場所について書くということを皆さんずっとやっていらっしゃる。もしかしたら今までの話はずっと、固有の場所について書く、例えばソウルについて書くというのは、ソウルについてだけ書くことじゃないんだというお話だったのかもしれないですが、そのあたりの話も伺えればと思います。

ワシントン　私が共感したのは、柴崎さんがおっしゃった共鳴に関するお話です。私の経験は私自身のものであり、そのメロディーは固有のものですが、遠く離れた場所に、その経験の別のバージョンを見ることができます。厳密には同じではないかもしれない。音符が一つや二つ違うかもしれないし、キーが違うかもしれない。しかし、なじみ深く、聞き覚えがある。

例えばチェ・ウニョンの『ショウコの微笑』を読んだ時、「ああ、この人は私の人生について書いている」と思いました。文字どおりにはそんなことできるわけはないし、彼女が私のことを考えるはずもありません。私の家族や、人間関係のことを考えるわけもありません。でも私ははっきり、自分が生きた時間との共鳴を感じたのです。

アレハンドロ・サンブラやバレリア・ルイセリやドルキ・ミン、ノルマン・エリクソン・パサリブもです。そしてパク・サンヨン。パク・サンヨンの作品は日本語にも翻訳されていると思いますが、『大都会の愛し方』を初めて読んだ時、この人は私に直接話しかけていると思いました。

共鳴は、都市や国が違っても起こります。本のページの上でそれは起こります。文学には様々な機能があって、自分自身を他人の目で見ることや、自分が思っている自分を他人の目で見ることができたり、同時に自分の感情が他でも感じられていたものだと知ることで孤独感が解消されたりします。異なる形ではあるけれど、以前に誰かも抱いていた感情だと知ることができるのです。そうした経験はとても大切だと思います。

柴田　文学は他人になってみるためのツールだと思いますが、だからこそ自分を違う目で見るためのツールにもなる。その役割はとても大きいと思います。

ツィマ　私には、ある作家の本を読んだ時にすごくしっくりきて、「ああ、自分でこう書ければよかったのに」と思うこともよくあります。それを書いた人にほとんど嫉妬するような時があるんです。

チョン　先ほどブライアン・ワシントンさんがおっしゃった大都市の話を聞いて思ったことがあります。私の最初の長編小説は『甘い私の都市』というタイトルです。

〝甘い〟はもちろん反語です。本当に〝甘い〟という意味ではありませんが、それが日本語に翻訳された時に『甘い私のソウル（邦題：マイ スウィート ソウル）』と、〝都市〟が〝ソウル〟に翻訳されたのです。その話を聞いて私はとても意外でした。

私はソウルのことだけを書いたわけではないのです。日本でのタイトルが〝ソウル〟に変わったことで初めて、私が考えていた〝都市〟はソウルだけではなかったことに気づきました。

今はどんな時代でしょうか。今や資本主義でもほとんど後期の資本主義、何ともこれ以上は表現しようがない社会です。そんな社会に生きる世界中の大勢の人々が暮らす大都市の姿は、どこも本当によく似ていると思います。

私が東京に来たのはこれで五回目くらいですが、〝ここはソウルの街中かな？〟と思うほどに、本当によく似ています。ですから私が言いたいのは、都市に生きる人間ならば、都会に暮らす人ならば、住んでいる所がソウルであれ、あるいは想像もできないような北欧の都市であれ、人々の生活する姿、日常で感じる疎外感と言うか孤独と言うか、そういう内面はとても似ていると思います。

呉　私の作品のもう一つの特徴は自然の生き物です。私自身も自然の生き物が大好きなので、柴崎さん、そして柴田さんが言及された場所の問題についてお答えしたいと思います。

というのも、他の自然の生き物にとっての境界線は人間とは異なるからです。私は台北で、ある渡り鳥を見かけました。通訳の手間を避けるため具体的な鳥の名は出しませんが、私が台北で鳴き声を聞いたその渡り鳥は、その前月には恐らく日本の代々木公園で鳴いていたことでしょう。ある一定の時が過ぎると、国境を越えて歌声が聞けるのです。同様に、台湾の東海岸には多くの鯨類がおり、ある種の鯨は世界中のあらゆる海域を遊泳することができます。台湾にやってきた渡り鳥は、この地が好きで住み慣れたから留まっている。

毎年寒いシベリアに帰る渡り鳥もいます。これこそが、私が個人的に理解している世界文学の「流れ」と「場所」の精神です。私にとって台湾は私の故郷であり、台北は私の故郷であり、花蓮は私の故郷ですが、いつでもその場所を離れることができます。一つの強く生きていく命としてこのような場所を理解したいと思います。

ツイマ　短いコメントですが、例えば村上春樹の、私が

一七歳の時に読んだ『アフターダーク』に戻りますと、その時にどうしてその作品にそんなに魅了されたかを考えますと、やっぱり何かとても遠い場所、ここにはない、この現実にはどうしても探せない、見つけられない、ちょっとエキゾチックで、私だけのものを探していたんだと思います。それこそが本物の日本だと、一七歳の私は思っていました。

その後本当に日本に来て、例えば初めて渋谷や新宿を歩いた時に、どこを見ても村上春樹の描写を探していました。でも、やっぱり現実は違いますね。そこで初めて分かったのは、私がずっと求めていたのは本物の日本の現実ではなかったかもしれないということです。私が魅了されていたのは文学的な表現、その描写、文学の中にしか存在しない場所だったということがその時に分かりました。

そこでやっぱり、文学はすごくパワフルなものだと思って、文学こそがどこにも存在しない、文学の中でしか存在しない、すごく豊かな面白い場所をつくることができるものだと分かって、私も同じことをしたい、同じ場所をつくりたいという希望が強くなりました。

柴田　どこにも存在しないというのも、もう一つのキーワードかもしれないですね。スラブ文学者の沼野充義さんが言ったことの受け売りですけれども、外国の文学を読むことの効用というのは、こんなに違うものがここにあるという思いと、こんなに同じなんだ、同じものがあるという思いを行き来することだと。その両方があって、かつそれは、でも実はどこにもない場所だという、そういうものが文学だというのは、深く納得できる話です。

チョン　外国の文学を読む時、あまりにも似ている、あるいはあまりにも違うという印象を受ける時があるというご指摘について、いろいろと考えてみました。

呉明益さんの小説『天橋上的魔術師』の日本語タイトルは『歩道橋の魔術師』ですが、韓国語では——本当に翻訳・通訳は難しい——『日差しゆらゆら道の上の象』というタイトルになっているようです。

柴田　え……日差しがゆらゆら…？　象？

チョン　日本語・韓国語、どちらも文学的なタイトルですよね。これは連作短編ですが、かつて台北の少年少女たちが成長期を過ごした中華商場という有名な商店街がとても重要な背景になっています。ところが、その商店街は撤去されます。

実はこの中華商場によく似た商店街が、ソウルの中心部にありました。〝世運《セウン》商店街〟という所ですが、驚くほど似ています。

中華商場のことは呉明益さんの小説を読んで初めて知りましたが、世運商店街もやはり撤去されています。産業化を進めるために傷つき消えた古いもの、拠りどころを失った人たちの姿があまりにも似ていて、身震いするほどでした。

もちろん、外国の作家の作品、翻訳文学を読んで違いを感じることも多いですが、必ずしも外国の作品だからということではないと思います。韓国語で書かれた作品を読んでいても〝うわ、これは私とはあまりに違う〟と感じることがあります。

しかしその一方で、私とは国籍や文化的な背景など、あらゆる条件が異なる登場人物が、自分の内面を語っているにもかかわらず、〝うわ、私と全く同じだ。やっぱりそうだ〟と心の底から普遍性を感じる時があります。私はそれが文学、読書が与えてくれる最高で最強の瞬間だと思います。

文学において本当に重要なことは、国や文化的な背景ではないと思います。

〝ああ、私たちは皆同じ人間なんだな。同じ心を持っているんだな〟という思いに至る、身震いするほどの瞬間がとても重要だと思います。私の心の中には、そんな瞬間を与えてくれた文学者たちの部屋があります。その部屋には文学者の名前が書かれた札がそれぞれ掛かっていて、私の好きなジョージ・オーウェルやウィリアム・トレヴァーなどの部屋があるのですが、その隣には村上春樹氏の部屋があります。

その部屋はモノトーンのような、コニャック色の一人掛けの革のソファーがあるような、ターンテーブルから音楽が流れてきそうな……そんな部屋が私の心の中に、紛れもなく存在しています。

それらの部屋の主たちは、私の人生のある部分に入ってきて私の人生を見守り、筆を執《と》れと励まし、私が作家になってからは執筆に影響を与えてくれました。そして、これからも私に影響を及ぼし続けるでしょう。

こうして外国で、心の中の作家のことを大勢の皆さんの前で話しているなんて、本当に不思議です。

柴田　今の話の力点は、もちろん最後のほうの、個別的

なことが書いてあるんだけれどもそこから感じ取れる普遍性こそ文学が与えうる最強の瞬間だというところだと思いますが、最初の『歩道橋の魔術師』の韓国語訳のタイトルが全然違うという話にも驚きました。

呉　私自身の経験を皆さんとシェアしたいと思います。それは、自分の作品が様々な言語に翻訳されると、時にとても意外な反応があるということです。私の作品『複眼人』、これは日本でも翻訳されていますが、その中に捕鯨のエピソードが描かれています。捕鯨はとても歴史のある狩猟行為であり、日本でも北欧でも行なわれてきました。登場人物の一人はノルウェー人ですので、当然ながらノルウェーのロジックで捕鯨を説明します。しかし、この作品の出版から一〇年後、私はノルウェーの読者から手紙をもらいました。いわく「ある種の鯨の器官について使われているノルウェー語が間違っている」と。私は本書で、ノルウェー語を全く解さないながらも言語も文化も異なる人物を描かなければならなかったわけですが、執筆中はノルウェーの読者が現れるとはこれっぽっちも思っていませんでした。しかしこのほどノルウェーの読者が現れ、「もしノルウェー語を使うのであれば、今年ノーベル文学賞を受賞したノルウェーの作家が用いているニーノシュク（新ノルウェー語）と呼ばれるノルウェー語の一つを使えば正しくなるでしょう」と教えてくださったのです。私は将来この本が重版されることがあれば修正してほしいと編集者に頼みました。この読者からの手紙の最後にはこう認《したた》められていて、私は非常に感動しました。「あなたの読者として誤りを訂正する機会を持てて、世界で極めて少数の人が使う言葉を学んだ価値がありました」。ありがとうございました。

柴田　呉さんの小説を読んでいると、本当に「神は細部に宿る」という言葉の正しさを実感します。いいお話をありがとうございます。

柴崎　海外で、日本文学を読んでいる学生とお話しすることが多いんですけれども、そこで日本でのイメージとちょっと違ったりとか、日本の読者だからこそ気がつかないことを言われることがあって、それもとても面白い経験だなと思っています。

谷崎潤一郎の『細雪』の英語タイトルは *The Makioka Sisters* というんですけれども、それを初めて知った時はとても驚きました。『細雪』という細かい雪が降る抒情的な響きと、*The Makioka Sisters* という直接キャラクターが動き出すようなタイトルはすごくイメージが違いますよね。でも *The Makioka Sisters* と言われて読んでみると、自分もまた違った読み方ができるんじゃないかなと思う時があります。

もうひとつ、最初にソウルに行って、イベントの後で学生たちと話していた時に学生の一人が、大島渚における「俺」の使い方には政治的な意味があるんじゃないかと……。

柴田　「俺」？

柴崎　「俺」。そういう話をされて、それも驚きました。日本語は一人称を「俺」とか「僕」とか使い分ける。日本では割と自然に使い分けているので、あまりそこには注目しなかったりするんですけれども、翻訳する時は必ず、なぜここは「俺」なのか、「僕」なのかが問題になるんだと思います。逆に、柴田さんは日本語訳にされる時に一人称を「僕」にするか、「俺」にするかを必ず考えられると思うんです。翻訳という違う言語という過程があるからこそ、気がつく視点もあるなのかなと思ったりもします。

ツィマ　『細雪』のチェコ語訳のタイトルも *The Makioka Sisters* に相当する題になっています。

柴田　へえ、そうなんですか。

ツィマ　『シブヤで目覚めて』もいろいろな言語に訳されていて、ほとんどの国では「シブヤ」がそのままで残されていますが、ハンガリー語訳だけは「トウキョウ」に変わってしまっています。「シブヤ」とは、どのような場所かが通じなかったらしいです。それで『トウキョウで目覚めて』というタイトルになりました。

柴田　なるほど。いろいろあるんだなあ。

ワシントン　私の初めての長編 *Memorial* は現時点で一六言語に翻訳されているんですが、私がとても驚いたのは、タイ、メキシコ、フランス、ドイツ、どこの読者と話をしても、その物語の中の母親が、自分の母親を思い出させると言われることです。

それはつまり、私たちがそれぞれ自身の文章で描く人間関係は特定で固有のものですが、関係という概念、関係が取りうる形は、文学を通して様々に共有できるということだと思います。文学は、国境や文化や言語を超えた共通性を描いて、私たちを一つにしてくれるのです。

柴田　ワシントンさんの『メモリアル』という小説は、まだ邦訳はありませんが、具体的に二組の親子が出てきて、その親子二組のとても具体的な話が書かれているわけですが、まさにその具体性の中から普遍性が出てくる。ウィリアム・フォークナーはアメリカの深南部のことしか書かなかった、だからこそあんなに普遍的なことが書けたとよく言われますけれども、今のお話から同じことを強く感じます。

チョン　村上春樹さんの『ノルウェイの森』は、韓国では一九九〇年代に大ベストセラーになりました。当時、韓国では『喪失の時代』というタイトルで翻訳されたため、多くの人が『喪失の時代』として認知していました。

韓国では、どうすれば大衆の心を動かすことができるかという商業的な面を考慮して、タイトルが付けられ出版されることがよくあります。これが外国と断絶された時代なら問題があるかもしれませんが、今は私たちが望めば簡単に原書を入手することも可能ですし、原書のタイトルが何であるかも調べられる時代です。私は国によってタイトルが変わることはとても面白いと思いますし、場合によっては意味があることだと考えています。

私は本当にたくさんの外国の作家たちの作品を読んできました。翻訳者が世に存在しなければ、私はたくさんの作品を読むことができなかったはずなので、本当にいつも翻訳者の方々には心から感謝しています。私の作品もまた、多くの国で多くの言語に翻訳されていますが、そのたびに多くの翻訳者の方々からEメールなどが送られてきて、細かい表現を尋ねられることがあります。そんな時私は、内容を変えたりするのでなければお好きになさってくださいと伝えています。

その言語での最初の読者であり、その国の文化を私よりもずっとよくご存じの翻訳者がそのように感じたのなら、それで正しいのかもしれません。

もしかしたら翻訳される過程で翻訳者の自由な裁量が加わり、私が書いた本来の作品よりもずっとよいものになって読んでもらえたらと、そんな思いがけない幸運を望んでいます。

柴田　世界規模で考えれば、文学のほとんどは翻訳で読まれていると言っても過言ではありません。翻訳の役割ということに最後に触れていただいて、一翻訳者として大変ありがたい思いで聞きました。

二時間お話をいろいろ伺っていて、僕たちの頭上に村上春樹さんの影が何となくあったのだけれども、やっぱりすごいなと思うのは、これはあくまでも僕の主観の問題ですけれども、ここにいる見えない村上さんの影が、決して抑圧的に働くのではなく、何となくbenevolentな、柔和な父として、何かこのへんに浮かんでいてくれたんじゃないかという気がします。皆さんも、そういう思いを共有してくださったんじゃないかと思います。

会場の皆さん、二時間にわたるご清聴をありがとうございました。四人の方々に、拍手をお願いします。

※このあと、登壇した五人の作家による作品を掲載します。お楽しみください。

三豊《サムプン》百貨店

チョン・イヒョン
斎藤　真理子　訳

一階の公衆電話ボックスに入ってRのポケベル番号を押した。Rは定番の留守メッセージさえ録音していなかった。ン、ン、と声を整えて私はメッセージを残した。あー、私よ。通りかかったから寄ってみたんだけど、いなかったね。食事に出たのかな？　元気？　私も元気だよ。あんまり連絡できなくてごめんね。会社行ってるとそうなっちゃうよね。帰ってくるとシャワー浴びて寝るので手一杯で。今日は途中でちょっと早退したの。だけど、行くところがなくて。元気でね、また来るからね。Rはあのメッセージを聞いただろうか。私は今でもわからない。

土曜日だった。かなり遅く起きて顔を洗ってくると、Q売り場の電話番号がポケベルに表示されていた。ねえ、今日一日アルバイトしてくれないかな。うちのマネージャーが、おばあさんが突然亡くなって急いで帰省したのよ。本社からは明日にならないとヘルプが来てくれないんだよね。バーゲンだからお客さんが多いはずなの、一日だけ手伝ってちょうだい。私はわかったと返事した。洋服ダンスを開けてみた。やっぱりQブランドの服を着ていった方がいいだろうと思って、去年の春シーズンに買ったQの白い開襟シャツを出して着た。下には梨花《イファ》女子大の前のブティックで買った黒のスカートをはいたが、それはいつかRが間違えて、これ、うちの商品だねと言ったものだった。

Q売り場にはRと、初めて見る男性がいた。主任、この子、今日一日だけのアルバイトですとRは私を紹介した。男性は私の住民登録証を受け取っていくつかの項目を書き取るとこう言った。制服に着替えてください。あわてたのは私より、Rの方だった。えっ、今日一日だけのバイトなのに何で制服着なきゃいけないんですか？　もともとそういう規定になってるじゃないか。今まではそんなことしなかったんですけど。そっちの方が間違いなんだよ。でも、この子は学生で、私の友だちで、今日一日ちょっと手伝ってくれるだけなんです。一回だけ勘弁してください。学生ではなかったので私はぎくっとした。

Rの姿勢は強硬だった。通りすがりの人が見たら、その主任が私に着せようとしているのは販売員の制服ではなく囚人服だと思っただろう。私はRをなだめて言った。大丈夫だよ、私、制服着るから。Rが私を見た。子牛みたいに人なつっこいまん丸の目だった。あなたほんとにそれでいいの？　私はにこっと笑ってみせた。当然だよ、どうってことないよ。それじゃ主任、この子の胸に「臨時アルバイト」って名札つけさせてください。制服は私の体にぴったり合った。私は完全な服装自由化世代なので、小学校のときにガールスカウトのユニフォームを着て以来本当に久しぶりの制服だった。制服は思ったより重かった。妙に、重く感じられた。

私服のままで適当なことをぽんぽん言いながらRの仕事を手伝っていたときとは、何もかもが違った。正午を過ぎるとお客が押し寄せてきた。やるべきことはたくさんあるのに体がのろまで、仕事がうまくこなせない。お客に似合う服を選んであげるどころか、サイズ探しの注文にすら冷や汗がたらたら流れる。Rが一生けんめいカバーしてくれたが、彼女が在庫を探すために倉庫に入ったり、ほかのお客の相手をしていると、どうしたらいいのかわからなかった。先に来たお客の袖丈調整のためにピンを打っていると、後から来たほかのお客がイライラして怒鳴ることがしょっちゅうあった。

このブラウス、三十パーセント引きでいくら？　十五万ウォンとかではなく、十四万八千ウォンの三十パーセントがいくらなのか私には見当もつかない。ただでさえアラビア数字を見ると頭がぐるぐる回るような人間なのに。私はRを見た。Rはむこうでお客の気に入った白いパンツに合う服を選ぶのに余念がなかった。レジ係の子もとても忙しそうだ。ちょっとあんた、何やってるの？　さっさと計算してよ。この四着買うから、三十パーセント引きで計算してみて。私は注意深く電卓をたたいた。忙しかったレジ係が、私のいいかげんな算数の結果を再確認しなかったことが問題だった。

百万ウォンの小切手を出し、おつりも受け取って帰っていったお客が再び現れたのは、いくらも経たないころだった。これ、どのアマが計算したの？　アマ、という言葉を彼女は目をぴくりとも動かさずに発音した。その罵倒語が向けられた先が私だなんて、実感が湧かない。どうなさいましたか？　Rが私と彼女の間に割って入った。あなたじゃないわよ、計算したのはその子でしょ。このスタッフはアルバイトですので、私におっしゃってください。ちょっと、何でこんな基本も身についてないアルバイトを使ってんのよ？　中学も出てないの？　この程度の足し算引き算もできないの？　とにかく、基本も身についてないアルバイトであることは間違いないので、私はすっかりうつむいていた。申し訳ございません、私がすぐに計算し直しますので。Rは何度も頭を下げた。いったいなぜ四万ウォンも増えてしまったのか、わかるはずがなかった。

差額を受け取ったお客は私を一度にらむと、マネキンが首に巻いていたスカーフをひっぺがした。腹が立ってこのままじゃ帰れないわよ。あのバカな子のせいでどれだけ時間を無駄にしたと思ってんの？　これは弁償の代わりにもらっていくわ。これの分はあの子の日当から引くとか、そっちでどうにかしてちょうだい。お客さま、それはセール除外品ですから困ります。ほかのノベルティを差し上げますから。お客はまたスカーフを奪い取って声を張り上げた。そんながらくた、誰が欲しがると思うのさ？　これが気に入ったからもらっていくって言ってるのに、何よ、それ？

騒動は、さっきの主任という男性が駆けつけてきてやっと収まった。お客は結局、そのスカーフを買い物袋の隅っこに押し込んだまま堂々と去っていった。主任の棘のある説教を聞いている間、Rは唇をひたすらぎゅっと嚙みしめていた。そして私は――私はただもう、ここから逃げてしまいたかった。私のせいでこんなことになってごめんね。後にして思えば、私がまず言うべき言葉はそれだったのに。私はやっとのことで口を開いた。大丈夫？　Rの瞳が静かに揺れた。もちろんだよ、こんなの問題のうちにも入らないよ。Rが私の制服の肩についた埃をぽんぽんと払ってくれた。今日は、お疲れ。忙しい時間帯はだいたい終わったから帰って。私は答えられなかった。今まで働いた分は私が後で精算するからね、早く着替えて。一人で大丈夫？　うん、私、一人が楽なの、早く着替えてね。Rが私を試着室へ押し込んだ。

試着室で私は、三豊百貨店の販売員の制服を脱ぎ、自分の服に着替えた。白い開襟シャツと黒いスカート。制服ではないのに、その服は本当に重かった。鉄筋が肩にのしかかってくるようだった。Q売り場に来てからたかだか四時間しか経っていなかった。私はRを残してあわただしく百貨店を出た。ピンク色の三豊百貨店の建物がダン、ダンと音を立てて私を追いかけてくるみたいだった。

一時期親しかった誰かと距離を置くようになるのは、珍しいことではない。大人になってからは特にそうだ。あの一件の後、間もなく私は就職した。動物の飼料を輸入する会社だった。世の中にはこんなにたくさんの動物がいるのかと驚いた。私はマーケティング部に配属され、研究用の実験動物のための飼料を売った。ハムスターは一日に十〜十四グラムの餌を摂取しなくてはならず、ラットは十五〜二十グラム食べなくてはならない。うさぎには少なくとも百二十グラム以上が必要だ。

Rと私はお互いのポケベルを鳴らさなくなった。会社の廊下の自動販売機のミルクコーヒーは、Rがいれてくれたコーヒーに比べたら全然お話にならなかった。私の会社の製品を使っているソウル・京畿《キョンギ》地域の病院と大学の実験室へのあいさつ回りで手一杯で、春が目まぐるしく過ぎていくのにも気づかなかった。平日はスーツを着なくてはならなかったが、土曜日にはジーンズをはいてもいい。その一点は気に入っていた。何度か電話機を手にしたが、そのままおろした。

恋人もできた。証券会社の新入社員だった彼と会うと、主にお互いの会社生活について話した。彼は私がかわいくて好きだと言った。かわいいってどういう意味なの？　文字通りだよ。君はきれいじゃないけどかわいい顔してるじゃん。肌も白いし、笑うと目尻にしわが三本ずつできてさ。彼は、キ・ヒョンドと言っても閑麗水道《ハルリョスド》〔閑山島から多島海を通って麗水へ至る風光明媚な水路〕のどこかの島の名前と思うに決まっていた。けれども善良で明るい人だったから、悪くなかった。その年の春、私は多くを持っていた。比較的温和な中道右派の父母、スーパーシングルサイズの清潔なベッド、モトローラの黄緑色のスケルトンタイプのポケベルとバッグ四個。旧態依然のものたちだ。春が去り、夏が無気力に近づいていた。

一九八九年十二月に開店した三豊百貨店は地上五階、地下四階の超現代的な建物だった。一九九五年六月二十九日。その日、エアコンは作動しておらず、店内はとても暑かった。汗が雨のように流れ落ちた。いつの間に夏になっちゃったんだろ。五時四十分、一階ロビーを歩きながら私はそうつぶやいた。五時四十三分、正面玄関を出た。五時四十八分、家に到着した。五時五十三分、ゼブラ柄の日記帳を広げた。私は今日——と書いたとき、どおーんという音が聞こえた。五時五十五分だった。三豊百貨店が崩壊した。一階部分が崩れ落ちるのにかかった時間は、一秒にすぎなかった。

そうして多くのことが起きた。私の黄緑色のスケルトンのポケベルは、安否を問うメッセージでいっぱいになった。夕ごはんのしたくの途中でチゲに入れる豆腐を買いに三豊百貨店の地下のスーパーに行った下の階のおばさんは、帰ってこなかった。まな板の上には、半分ぐらい刻んだ長ネギが残っていたそうだ。長雨が始まった。何日かして、朝刊に死亡者と行方不明者の名簿が載った。私はそれを読まなかった。隣の紙面に、ある女性著名人が寄稿した特別コラムが載っていた。その豪華さで天下に名を馳せた江南の三豊百貨店崩壊事故は、大韓民国が奢侈《しゃし》と享楽にまみれていることを諌《いさ》める天の警告かもしれないという内容の文章だった。

私は新聞社の読者センターへ抗議の電話をかけた。新聞社は、筆者の連絡先を教えることはできないと言った。私はやむにやまれず、読者センターの担当者に向かって怒鳴った。その人はあそこに、一度でも行ったことがあるんですか？　あそこにいるのが誰だか知ってるんですか？　私はハアハアと息を切らせていたと思う。申し訳ないことだが、どうしようもなかったのだ。私が泣きやむまで電話を切らずに受話器を持っていてくれた新聞社の社員に対しては、今でもありがたいと思っている。

コンクリートの瓦礫の中から、二百三十時間耐えた青年が救助されるのをテレビで見た。二百八十五時間頑張った少女もいた。私は何もせず、テレビを見ているだけだった。恋人は私を心配してくれた。生まれたからには誰でも死ぬんだよ。軍隊で衛生兵だったとき、僕は何度も人が死ぬのを目撃したよ。母方の伯父さんが将校だから手を回してもらうこともできたけど、父さんが僕を無理に軍隊に行かせたんだ。必ずしもそのためだけとはいえないが、彼とはやがて別れた。彼はすぐに、私より四歳若くて日本人形みたいにすました感じの女子大生とつきあいはじめた。

六月二十九日以後、一度も出勤しなかった会社から、解雇通知書が書留で送られてきた。

事由は無断欠勤となっていた。正確な表現だ。崩壊から三百七十七時間ぶりに、十九歳の女性が発見された。彼女の第一声は「今日、何日ですか」だった。一九九五年六月二十九日に発生した三豊百貨店崩壊事故の死傷者数は最終的に、行方不明者三十名を含めて死亡者五百一名、負傷者九百三十八名と集計された。あそこを出るのが十分遅かったらどうなっていたか。みんなが私に、本当に運がよかったと言った。

小さくて不完全な銀色の鍵を机の引き出しのいちばん下の段に入れたまま、十年が過ぎた。セロハンテープやかゆみどめなどを急いで探すとき、私はうっかりその引き出しを開けてしまったりする。Rからは一度も連絡がなかった。Rと私のポケベル番号はすでに地上から消え去った。みんなはポケベルから携帯へ、同窓生探しサイトからミニホームページへと、ひっきりなしにおもちゃを変えた。

この小説を書きはじめたとき、私はSNSの「友だち探し」機能でRのミニホームページを探してみた。Rと同じ姓名を持つ一九七二年生まれの女性は全部で十二人いた。その名前を一つ一つクリックしてみた。十二名のRたちのほとんどは忙しいらしく、ミニホームページを更新していなかった。満三十三歳。私たちが現実的な時期のまっただ中を通過していることは事実であるらしい。十一番めのミニホームページに入ると、トップ画面に女の子の写真がアップされていた。三歳か四歳に見える幼い子だ。私は写真を拡大して、しばらくじっくりと見た。その子の目は優しそうで、とても大きかった。よく見ると丸いあごのラインもRと似ているような気がする。もっとはっきり写った写真が見たかったが、写真はぽつんとそれ一枚きりだった。その子がRの娘であることを、私は心から願った。

たくさんのことが変わり、また変わらなかった。三豊百貨店が崩壊した場所はしばらく空洞となって残っていたが、二〇〇四年に超高層住商複合ビルが建った。そのマンションが完成する何年か前に、私は遠くに引っ越した。今もときどきその前を通り過ぎる。胸の片すみがぎゅっと締めつけられるときもあれば、そうでないときもある。故郷が常に、心から懐しいばかりの場所とは限るまい。そこを離れた後になって私はやっと、ものを書くことができるようになった。

［『優しい暴力の時代』（河出文庫）所収「三豊百貨店」より抜粋］

ロックウッド

ブライアン・ワシントン
柴田元幸訳

1

ロベルトは肌が茶色で一家でとなりに住んでたからぼくはもちろん週末あそびに行った。ロベルトのうちは完全なメキシカンだった。だからぼくたちのほうが格が上だった。ぼくの父さんはことあるごとにそう言ったけど本人たちに面とむかって言いはしなかった。なのでたずねていく役はママが引きうけてたいていの晩たずねて行った。ママはまだ近所にあまり友だちがいなかった。ぼくたちは白人には色が濃すぎたし黒人にはラテンすぎた。

でもロベルトのお母さんはぼくらが来てよろこんでいた。さあどうぞ中に、と言ってくれた。旦那さんは建設現場で働いていた。グランド・パークウェイにセメントを流しこむ。許可証とか持ってないから、どういう感じか見当はつく。仕事なんてぜんぜんない。お母さんも危ないマネをする気はなかった。で、毎日何してるかというと、ロベルトの世話をしていたのだ。

　一家は部屋が一列につながった、配水管がふくれ上がった家に住んでいた。車で通りかかるとつい首をヨコに振ってしまうような家だ。ママはうちの店からユカやビーンズを持っていってあげたけど、父さんがそれを見て、だれが金はらったんだと言った。親二人がキッチンをぐるぐる回るのをジャヴィとジャンとぼくとで見まもっていると、父さんが米の入ったボウルをつかんでタイルに投げつけた。じぶんの金が歩いて出てくのを見るってのはこんな感じなんだぞと父さんは言った。家族にクソみたいなマネする前にちっとは考えろ、と父さんはママに言った。もちろんママはそれでやめたりせず、もっとひんぱんに行くようになった。でも食べものはうちへ置いていくようになった。かわりにぼくをつれて、コーヒーと、缶入りのクラッカーを持っていった。

　ロベルトはしし鼻だった。ここにニキビがあったらまずいというところ全部にニキビがあった。髪型は白人の子みたいにしていて、なんでそうしてるのって訊いたらひとつ心配のタネがへるからだと言った。まともな床屋代なんてないから、この家の人たちが行くと床屋はなんでもバリカンでバリバリやった。きみドブネズミみたいだな、町じゅうバイク乗りまわしてる白人みたいだ、とロベルトに言うと、それでいいさ、おまえなんかデブの黒いゴリラだぜと言いかえされた。

ロベルトは十五で、ぼくより二つ三つ年上だった。モンテレー〔※メキシコ北東部の都市〕から直通で来たバスのことをロベルトは話した。まずお父さんが先にヒューストンに来て、家族を呼びよせられるまで一人で暮らした。メキシコってどんなとこ、と訊いたら、テキサスの食いものはみんな砂みたいな味がするとロベルトは答えた。

ロベルトは学校に行ってなかった。一日じゅう、こわれたテレビにむかってブツブツ英語で言いかえしていた。この年ぼくはしょっちゅうカゼをひいていて、ジャヴィから見てぼくはいないと同じだった（ジャヴィはもうそのころ近所の不良連中とつき合うようになっていた）から、ぼくは年がら年じゅうとなりの家にいた。リビングにテーブルがあってロウソクがあってマットレスが敷いてあった。ロベルトの父さんはあくせく働きにいってないときはたいていそこでイビキをかいていた。

ロベルトの母さんはいつも疲れていた。いつもぼくのママに泣きごとを言っていた。この国のほうがつらいっていうんじゃない、何もかもあまりに雑なんだと言っていた。

まあ様子を見なさいよ、とママは言った。アメリカに来るとみんなそうなるのよ。だんだんみんななじんでくるのよ、あんたもいずれコツがのみ込めるわよ。でもそのためには信じないと。

ぼくとロベルトは、ロックウッドの角《かど》の、イーストエンドが終わって倉庫街がはじまるあたりまで歩いていった。ぼくたちはウッドヴェールを走る車に石を投げた。シャーマンのあたりで、家の前でつぶれてる酔っぱらいをぶっ叩いた。コングレスに男の子たちがゆるゆる集まってマリワナを喫ってるのを眺めていると、そのなかにジャヴィがいるのが見えたけどジャヴィはぼくを見てもまばたきひとつしなかった。けれどその夜、二段ベッドでねてるとジャヴィにゆり起こされて、余計なこと言ったらブッ殺すからな、とおどされた。ジャヴィはこげくさいニオいとすえたニオいがして、道路に転がってる死骸みたいだった。黙ってなよってロベルトに言おうかと思ったけど、考えてみればロベルトが話す相手なんていない。

一度、テキサスは好きか、と訊いたら、ロベルトはぼくの顔をずーっと見ていた。よそと同じさ、名まえがある場所ってだけだと言った。

もっとひどいところだってある、とぼくは言った。きみ、下手すりゃ故郷《ホーム》に帰ってるかもしれないだろ。

家《ホーム》ってのはいまいるところだよ、とロベルトは言った。そんなの口だけさ。そんなのぜんぜん意味ないよ。

意味あるさ、どこにも故郷なんてなかったら、とロベルトは言った。

ぼくたちがはじめてふれあったとき、ロベルトの父さんがすぐヨコで眠っていた。610出口にセメントを入れ終えて、仕事がなくなったのだ。部屋のなかは静かで、頭上のハエの音と、ママがロベルトの母さんとポーチに出ていて大丈夫、なんとかなるわよと請けあう声が聞こえるだけだった。

ロベルトもずっと静かだったけどゼイゼイあえぎはじめたのでぼくは空いてるほうの手でロベルトの口をおさえた。二人で網戸に耳をあてて聞いてみたけど外は何も変わってなかった。母親二人がしくしく泣いて、イビキの音がそれにかぶさって、向かいの空地でシェヴィ家の人たちがクンビアを踊っていた。

ロベルトのジーンズに全部かかってしまって、ぼくたちはそれを見てゲラゲラ笑いだした。ロベルトのジーンズはこれ一本きりなのだ。もうほかにはない。

その夜ママが父さんに、となりの様子を伝えた。助けてあげなきゃ、とママは言った。あたしたちだって前は来たばっかりだったんだから。ああそうだとも、と父さんは言った。金貸してやるさ、食器棚から皿も持ってくといい。あと椅子もな。それとベッドルームも。隅にすわっていたジャンが笑った。笑いごとじゃないのよ、みんなあたしの言ってることわかってるくせに、言葉をねじ曲げて、とママは言った。

物がだんだんと、ロベルトの家から消えていった。ぼくはそこにいたからよくわかる。物たちが玄関から外に出ていくのをぼくは見た。一家にはまだ、一日三度食事するお金がなかった。ロベルトは朝ごはんと昼ごはんを抜くようになった。ここでぼくたちはわが家の貯蔵庫を開放したのでした、と言いたいところだけどそんなことぜんぜんしなかった。

けどそれでもぼくたち二人はやめなかった。ぼくたちはラスクの公園でさわりあった。フマーのゴミ収集箱のそばで。ウッドリーの薬局で、そのうしろのベンチで。いっぺんロベルトの両親のマットレスも、ロベルトの母さんが外に出て泣いてるときに試してみて、ちょうどギリギリ、二人ともジッパーを上げたところでお母さんが鍵をガチャガチャ開ける音がした。

そのうちぼくはロベルトに、これって悪いことなのかな、きみの家族ぼくたちの罪の罰を受けてるのかな、と訊いてみた。おまえ何なんだよ、占い師か、黒魔術師かよ、とロベルトは言った。

うるさい、黙れ、とぼくは言った。

だっておまえが呪いだのなんだのって言うから。

どうなのかな。とにかくなんかさ、ぼくらのせいかも。

そういうことぜんぜんわかんないね、とロベルトは言った。おれ教会とか行ったことないから。

2

一家がとうとういなくなったのは夜中のことで、なんの前ぶれもなかった。いなくなったとわかったのは、ママがぼくを起こすときひっぱたかなかったからだ。

となりの玄関を押して開けると、マットレスは床にあったけどランプやテーブルや食料品の袋はなくなっていた。ドアノブからネジが外されていた。電球も。バスルームの棚に靴下があっただけ。

こいつはまさに教訓ばなしを見たってわけだな、とぼくの父さんは言った。自分の居場所にとどまらない奴は、どこへ行っても追い出される。

ママはため息をついた。ジャンがうなずいた。ジャヴィは口が裂けそうなくらいニタニタ笑っていた。ジャヴィははじめてナイフのケンカをやったばかりで、その証《あか》しとして両ヒジに傷もちゃんとあって、ロベルトの一家がどうなろうと知ったこっちゃなかったのだ。

その前の朝、ロベルトはぼくの手のひらのしわを指さした。両手をうまく合わせると、星みたいに見えるというのだ。サン・アントニオから乗ったバスでいっしょだった女のひとが教えてくれたんだ、あのときはこのひと頭おかしいって言ったけど、いま思うとおれ、かんじんなことわかってなかったんだな、とロベルトは言った。

ロベルトの親は出かけていた。ぼくたちはロベルトのクローゼットのなかで丸まっていた。ロベルトの短パンがぼくの短パンの上にのっていた。それは家にひとつだけのこった短パンだった。じきにいなくなることをロベルトはぼくに言わなかった。ぼくのあごにさわっただけだった。そしてぼくの両手をなでた。それから、自分とぼくのあいだで両手を合わせてカップみたいにして、おまえの手に奇跡《ミラグロ》見つかったか、と訊いた。

ぼくには何も見えなかった。ロベルトの影の輪郭が見えただけだった。けれどぼくたちは手のひらをぎゅっときつく押しつけて、とにかくこれってすごいよ、とぼくは言った。

ニホンブンガクシ　日本文学私　＃2「アフター読」

アンナ・ツィマ

再読で〈読み返る〉

初読は二度と繰り返せない。それゆえ自分が好きな本をまだ読んでいない相手が羨ましい。今読んでいる本を終わらせたくないと感じたりもする。

初読は冒険的だ。一方で私は〈再読〉も魅力的だと思う。久しぶりに小説を読み返すとき、頭の中に浮かんでくるのは小説の登場人物やストーリーの出来事ではなく、昔の自分に他ならない。初めて読んだ頃の気持ちやムードは勿論のこと、文学に全く無関係なこともよく浮かびあがる。当時住んでいた地の風景、学校や仕事への通い道。読んだ時期は秋だったか、春だったか。友だちの顔。そのすべてが蘇る。むしろ〈読み返る〉と書いた方が適切だろう。ある小説を〈読み返る〉と、昔の気持ちと今の気持ち、昔の自分と今の自分が重なり合い、〈内なる読者〉がどれほど成長してきたかを考えさせられる。

ところで、父には口癖があった。ふさわしい年齢になるまで読むべきではない小説がある、と。物語や登場人物、思想などにどれほど影響されるかは年齢によって大きく異なるから、と父が付け加える。サリンジャーの『ライ麦畑でつかまえて』をよく挙げ、それを10代の後半の人たちに相応しい本だとも言った。同作は1951年に出版された青春小説である。主人公はどこか未熟ながら賢い青年だ。周りの世界に対して違和感を抱き、社会を嘲笑いながら自分の弱さも意識し、様々なことに悩まされている。同作は10代の父に大きな影響を与えたのだろうが、私が高校時代、一番心を打たれたのは、村上春樹の『アフターダーク』だった（2004年に同作を出版する1年前、村上春樹が『ライ麦畑でつかまえて』を日本語に訳したことは、当時、父も私も知らなかったが、ここにもやはり縁があるだろう）。

16歳のある日のことだ。私は学校の帰り道で、暗く汚いプラハの地下鉄のエスカレーターを昇ったとき、『アフターダーク』チェコ語訳の出版を知らせる広告が偶然目に入った。小説の表紙は、キラキラするネオンの看板に溢れる新宿の夜景だった。そして、「Haruki Murakamiの新作！」という宣伝文句。私はドキドキした。内容も何も知らず、ただのポスターだったが、気づくと私はこの本に惚《ほ》れていた。家に着くや貯金箱を割り、本屋に走った。そして、読んだ。私の予感は間違っていなかった。『アフターダーク』にすっかり魅了された。

翌日の放課後、私はコーヒーを買って喫茶店に座り「**目の前にコーヒーがあるから、いわば役目としてそれを飲んでいるだけ**」で「**思い出したように煙草を口にくわえ、プラスチックのライターで火をつけ**」、「**ずいぶん熱心に本を読んでい**」た。私はマリという登場人物になりすました気持ちで『アフターダーク』の冒頭のシーンを再現しようとしていた。マリは寂しくカッコいい女の子だと思った。

16歳当時の私は、チェコに立往生しているような気がしていた。学校は朝8時に始まるので、毎朝5時45分に起き、1時間以上冷たい風が吹く冬のプラハの端から端まで通学し、やっと学校に到着してもほとんど友達がいなく、無視されるか、からかわれるかして、午後4時まで授業を受けて帰る。人生は単調で、冒険不足。たまには、何かの過ちで他人の人生を生きているような気分さえあった。あるいは、寝ているかのように思った。プラハの現実はつまらない夢に見え、私の本当の人生は実際には、違う世界である日本に送られているようだった。

様々なことを夢想していた。私がプラハで夢遊病者のような生活を送っているなら、東京で暮らしている「もう一人の私」がきっと絶えず睡眠不足に悩まされているに違いない、と。日本の私は、プラハの私のことを認識していないので、どうして疲労感を覚えるかわからないだろう……。言い換えれば、私はマリという『アフターダーク』の登場人物に共感できたと同時に、長い眠りから目覚められないマリの姉エリにも、強い興味を抱いていた。そして同作全体に漂う孤独感に親しみを抱き、私の世界と小説の世界が不思議なほどに近いものだと感じた。心に近く体に遠い異世界に憧れていた。

皮肉にも、同作の若い登場人物が皆、ある種の停滞感を抱えているように読み取れたことは、私を慰めてくれた。憂鬱な思春期を送っていた私に唯一の希望を与えてくれるのは、いつか日本へ行くという夢だった。しかし憧れていた日本にも苦しんでいる若者が存在していることは、妙な安心感をもたらした。私は一人ではない。マリとエリは、私と喋ってくれない同級生よりリアルに感じ、手を伸ばせば触れることとさえできるような錯覚にとらわれた。『アフターダーク』を鞄に入れて持ち歩くことで、私は日本を鞄に入れて持ち歩いているように感じた。文学の力は実に素晴らしい。

渋谷のデニーズでサンドウィッチを

17歳になって、初めて観光客として来日した私は『アフターダーク』の雰囲気を味わいたく、夜の渋谷を散歩がてらデニーズに入ってサンドウィッチを頼んでみた。しかし、たいした感慨は得られなかった。逆に違和感を覚えた。東京のデニーズに座ったときよりも、プラハの喫茶店に座ったときの方が、私はマリとエリに近かったような気がした。帰りの飛行機で、現実の日本と文学の舞台である日本の関係をよく考え、文学にしか存在しない架空の日本をもっと調べようと決めた。

その時期、チェコでは（近年は状況が大分変わってきたようだが）、日本文学の新しい翻訳が少なかった。本屋に並ぶ日本の作品はアメリカで売れているものを優先している出版社、あるいは個人の好みを優先する翻訳家の選択によるものだった。時には探偵小説、時には村上龍、時には源氏物語、とチェコの日本文学世界はバラエティ豊かというよりも、無秩序だった。

図書館に行くと、社会主義の時代に訳され、現在、絶版になっている翻訳書もあるのだが、それもかなり限られている。私の日本文学の知識は、長い間、このセレクションに影響された。私は翻訳書を集めたり、読んでみたりしていたが、まるで泳げない人が水に投げ込まれたようだった。ジャンルも統一されておらず、正直に言うと「この作品の一体どこがいいの？」とさっぱりわからない場合が多かった。源氏物語の人間関係が平安時代に不勉強な

17歳の女の子に理解しにくかったことは言うまでもない。同様に、私は谷崎潤一郎の『蓼喰う虫』を読んだときも、「は？・」と大きな疑問しか覚えられなかった。

一方で金原ひとみの『蛇にピアス』は興味深く、太宰治の『斜陽』や『人間失格』ではなく、なぜか「思ひ出」の方に惹かれ、「**むかし林檎の大木が五六本あつたやうで、どんよりと曇つた日、それらの木に女の子が多人数で昇つて行つた有様**」といった描写が今でもはっきり心に残る。

私の日本文学の選択は本当に奇妙で恣意的だった。読んでいた作品が時代的にどれだけ離れているか、前書きや解説に翻訳家か専門家が書いてくれているにもかかわらず、あまり気にしていなかったようで、すべてが「日本」の一環として混ざり合っていた気がする。芥川龍之介の「河童」と『アフターダーク』も本棚で隣り合って並んでいると、お互いに近い存在だと感じた。

あまりにも近く、あまりにも遠い「日本」

大学院生の頃『シブヤで目覚めて』という小説を書いた。その主人公、17歳の高校生のヤナがシブヤを彷徨《さまよ》う「魂」となり、シブヤを離れられず帰国できない。久しぶりに「河童」

を再読したら、その語り手も「**だんだんこの国にゐることも憂鬱になつて来ましたから、どうか我々人間の国へ帰ることにしたいと思ひました。しかしいくら探して歩いても、僕の落ちた穴は見つかりません**」ということに悩んでいる。その部分に至ると「こんなにも同じなんだ」と正直驚いた。

　私も日本にいるうちにチェコが恋しくなるのだが、様々な事情があり中々帰ることができない。だが、やっと家族のもとを訪れると、しばらくのあいだ強い違和感に襲われ「**人間の皮膚の匂に閉口**」するというより、行儀の悪いチェコ人を恥じたり、バスやお店に入るとどうしても軽くお辞儀するので友達にからかわれたりする。そして、よく日本「**の言葉を口に出してしまふこと**」だ。しかも「河童」の主人公が「**河童の国へ帰りたいと思ひ出しました。さうです。『行きたい』のではありません。『帰りたい』と思ひ出したのです。河童の国は当時の僕には故郷のやうに感ぜられましたから**」と思うように、私は日本に帰りたくなる。

　14歳の私は、まだ無邪気な若々しいエネルギーによって動かされていたので、芥川が人生をどのように展開させていくのかについてのヒントを与えてくれていたことに気づかなかった。「河童」を読んだ頃、目の前のページに仕掛けられた罠に気づいていなかったと思う。

だが、知らないうちに、河童の語り手と同じような罠に落ちた。まず河童に摑まれ、頭を打たれ、湖の水の中に引きずられた。そこで私は『アフターダーク』という、私にあまりにも近く、あまりにも遠い「日本」を発見し、私の現実と小説の世界は溶け合ってしまった。日本の小説を読めば読むほど、無数の「日本」の間で泳ぐことになった。

居場所を失ったのか。居場所が二つあるのか。文学は唯一の安心できる居場所になったのか。いや、どれでもない。私はどこにいても「河童」の語り手と同じような違和感を抱く。どこへ行っても、ただ「ゲスト」役を演じ、チェコと日本の間の大きな隙間にある、大きな蓋付きのティーカップを思わせる場所に閉じ込まれるようになった。

しかし、勘違いしないでください。これは私の夢です。私は魂のティーカップとなった夢をとても大事にし、絶対に壊れないように守っているのです。

ただし、ときには蓋を開けて頭を出すのも悪くないことだ。そのときだけ見回し「こんなにも同じなんだ、こんなにも違うんだ」といった違いを感じることができる。14歳から日本文学に関心を抱いたので、この文章を書いている2023年も終わろうとしている現在までに18年が経っている。そのあいだに大人になった〈内なる読者〉が、子供の頃から養ってくれていた日本文学を思い起こし、考えることができる。これこそ、このエッセイの醍醐味の一つにちがいない。

［「読書百景」（小学館）ウェブサイト（https://dokushohyakkei.com/n/n2dd187d6cd17）より転載。
このエッセイは著者が日本語でつづったものである］

歩道橋の魔術師

呉明益
天野健太郎 訳

母さんはよく、「稼いでくる子供ってのは、なかなかいねえなぁ」と、ぼくに言った。つまり暗にぼくを非難していたのであり、さらにいくばくかの嘆きが含まれていた。もっとも、この嘆きを聞くようになったのは十歳を過ぎてからで、それまでのぼくはなかなか商売が上手かったらしい。

うちは靴屋だった。ただ、小うるさいガキがお客さんに向かって、「お似合いですよ」とか、「お安くしますよ」とか、「それじゃあ、うち儲けが出ないんで」とか言ったところで、どうにも遊んでるみたいで説得力に欠ける。あるとき、母さんはやっといいアイデアが浮かんだらしく、ぼくにこう言った。お前、歩道橋で靴ひもと中敷きを売っておいで。子供が売ってりゃ、みんな買うだろう。なるほど、子供の無邪気な顔は、我々が人生を生き抜くために与えられた最初の武器だ。もっともそんなことに気づいたのは、ずっとあとの話だけれど。

中華商場《ちゅうかしょうば》は全部で八棟あり、それぞれ「忠《ちゅう》」、「孝《こう》」、「仁《じん》」、「愛《あい》」、「信《しん》」、「義《ぎ》」、「和《わ》」、「平《へい》」と名づけられていた。ぼくのうちは「愛」棟にあった。「愛」と「信」のあいだには歩道橋がかかっていて、「愛」と「仁」のあいだにもかかっていた。どちらかと言えば、ぼくは「愛」と「信」のあいだの歩道橋が好きだった。なぜってそっちのほうが長かったし、西門町《せいもんちょう》（戦前より栄える台北市西部の繁華街）にもつながっていたからだ。歩道橋の上には物売りがたくさんいた。アイスクリームや包みパイ（燒餅）、子供服やワコールの肌着、あとは金魚、亀、すっぽん……それに「海和尚」っていう真っ青なカニを売ってるのを見たこともあった。ときどき警察が来て物売りを追っ払うのだが、歩道橋は四方八方につながっているから、物売りたちはひょいと風呂敷で売り物をくるんで、警察と別の方向へ逃げ、ついでにお手洗いを済ませて帰ってくる。そもそも警察だって、ちんたら歩いて取り締まるのだから、物売りのことをみな、痛風持ちだと思っていたに違いない。

最初の日、姉貴が朝、歩道橋までぼくを連れてきて、昼ごはんのおにぎり（飯糰）を置いて帰っていった。ぼくはまず靴ひもを一足分ずつ歩道橋の欄干に結んだ。風が吹いて、靴ひもがひらひらと揺れた。それから腰掛けに座って、一足一足、靴の中敷きを左右対称に並べていく。ぼくは「響皮《シャンピー》」を一番手前に置いた。それが一番高いからだ。一足三〇元（約一〇〇円）もする。母さんの話では、響皮は豚の皮で作った強烈な香りがする中敷きで、何枚か重ねてこすり合わせれば、キューキューって音が鳴る。だから響皮と言うのだ。豚は死んでも、まだ鳴き続けなきゃならないってわけだ。

わぁ、歩道橋で商売するのが、楽しみになってきた。

ぼくの真向かいで、ひとりの男が商売の準備を始めた。男はべたついた髪の毛に、襟を立てたジャケットと灰色の長ズボンというでたちで、ジッパーも靴ひももないジャンプブーツを履いていた。ジャンプブーツとは靴ひもの穴がたくさんある、世界一ひもを結ぶのが面倒な靴だった。その後、靴ひもの代わりにジッパーが発明されたおかげで、全国の兵隊さんの朝の支度がぐんと楽になったそうだ。うちの店でも、少なくとも一日十人以上の兵隊さんが付け替え用のジッパーを買いに来た。ここでも売れれば、いい商売になるだろう。母さんに言って明日から置こう。ぼくはそう考えた。

男は歩道橋の地面にチョークで円を描いた。そして黒い風呂敷を解くと、売り物をひとつひとつ置いていく。ぼくは最初、男がなにを売っているのか、よくわからなかった。トランプ、鉄のリング、変なノート……姉貴はぼくに言った。あの人はマジックで使う道具を売っているの。すげえ！　マジックの道具を売る人なんだ！　ぼくはマジックの道具を売る人の目の前で商売するんだ！

「違うよ。わたしは魔術師なんだ」男はぼくにそう宣言した。またある日、商品をどこから仕入れているのか訊くと、男は答えた。「このマジックは全部本当なんだ」男はトカゲみたいに左右に離れた、二つの場所を同時に見ているような目でぼくを見た。ぼくの体はブルッと震えた。

魔術師は、テレビのマジックショーで見るような燕尾服を着ているわけでもなく、シルクハットも被ってなかった。毎日、立ち襟ジャケットと灰色のズボンを身にまとい、汚いジャンプブーツを履いていた。今度「ワンタッチ靴磨きクリーム」を売りつけてやろう、とぼくは思った。あっという間にツヤが出るやつだ。魔術師は四角いような長いような顔をしていた。背は低くもなく高くもなく、なんだか笑いというものを忘れてしまった人に見えた。外見は平凡すぎて、人ごみに紛れ込めば、そこに魔術師がいるなんて誰も気づかないだろう。

もちろんあの目とジッパーのないジャンプブーツは別だけど。

魔術師は、だいたい一時間に一度マジックをした。なんてラッキーなんだ！　ぼくは魔術師の目の前で靴の中敷きを売ってるんだ！　彼がよく披露したマジックはダイス、トランプ、リンキング・リングの類で、今思えばごくありきたりの、魔術師と名乗るのはちょっとおこがましいような演目だった。でも、あのころのぼくからしたら、奇跡を目の当たりにしたも同然だった。きっと、のちにビビアン・リーを初めて見たときと同じくらいの衝撃だったはずだ。おかげで、マジックの道具がたまらなく欲しくなった。そう、ずっと心に抱いていた、スズメが飼いたいという気持ちと同じくらい強烈に。

あるとき、魔術師は六つのダイスを使ったマジックをした。たくさんの見物人に囲まれるなか、さもなんでもないふうに、ダイスを小さな箱にひとつひとつ収めていく。そして緑色のふたを閉じて振ったあと、マジックのときにだけ見せる笑みを浮かべ、ふたを開けた――6、6、6、6、6、6。

魔術師はダイスが出す数字を自由に操っているようだった。たとえば、冷やかしの客になにげなく誕生日を尋ね、それから別の話題で盛り上げているうちにダイスを振れば、さっきの誕生日の数字が現れる。ときには一回振ってふたを開け、またときには何度も何度も、見ているこっちが眩暈するくらい振ってからふたを開け、どちらにしたって、ダイスの数字が間違うことはなかった。

魔術師の目はマジックのとき、ギラリと光った。相変わらず立ち襟ジャケットと灰色のズボン、汚いジャンプブーツといういでたちだったが、そのときだけは全身が輝いて見えた。まるでブラックホールのように空気を吸いこみ、さらに光と重力のすべてを集め、チョークの円のうちに凝縮させているように。彼はマジックを演じながら、その道具を売った。ある日、ぼくはついに誘惑に勝てず、中敷きの売り上げで道具をひとつ買った。ぼくが初めて買ったのは「不思議なダイス」だった。

魔術師は、道具を買ったぼくをぐっと引き寄せ、一枚の白い紙をくれた。彼は言った。「帰ってから水に一度浸けて、乾かすんだ。そうすればマジックの秘密がわかる」夜中、ぼくは家族にバレないように紙を水に浸け、母さんのドライヤーで乾かした。その後も、夜中にこっそり練習した。紙には文字だけでなく、絵も書いてあった。魔術師が一枚一枚手書きしたものらしい。そういうことか！　紙に書いてある手書きの文字を読んで、「そういうことか」と言いたくなった。ぼくはこのとき、マジックのすべてを知ってしまったんだと思った。十一歳になって同級生に片思いしたとき、自分は愛のすべてを知ってしまったんだと思ったのとまるで同じように。

ぼくは内緒で練習を続けた。そして、兄貴の前で初めて披露したときはもう、吐き気がするほど緊張していた。ダイスを何度も落として、結局、箱に入れる前に仕掛けを見破られた。兄貴はぼくを小馬鹿にするような目で、言った。

「出す目をあらかじめ自分のほうで揃えてるだろう?」

「う、うん」ぼくは落ち込んだ。兄貴の言うことは当たっていた。マジックが途中でバレることほどつらいものはない。大人になる前に、その後の人生をすべて予告されてしまったようなものだ。ぼくは占い師とマジックを見破る人が大嫌いだ。不思議なダイスの秘密は、ダイスではなくその箱にあった。特殊な形状をした箱のおかげで、出したい数字を自分の側で揃えておけば、持ち手の加減でダイスの向きを九〇度変えることができるのだ。こちらに出ていた目が、上に出る。それだけのことだ。

「売り上げから抜いたんだろう? 母さんに言うからな」と、兄貴が言った。そう、ぼくは靴の中敷きの売り上げからいくらか「融通」していたのだ。しょうがない。ぼくは口止め料のつもりで、兄貴に不思議なダイスを渡した。

チクショー！　この秘密は高くつきすぎた！　六〇元（約二二〇円）をタダでくれてやるなんて……この一週間、どれほど苦労して母さんの目を誤魔化したか！

マジックはただのマジック、本当の魔法は入ってないって思い知ったのに、おかしなもので、拍手喝采を浴びる魔術師を見ていると、なぜかあの、騙されたと知ったときの心のもやもやが消えてしまうのだ。そうやってまんまと魔術師の手口にはまり、ぼくは、子供にとってはかなり高価なマジックの道具を、ひとつまたひとつと買ってしまう。たとえば、一瞬で空っぽから満杯になるマッチ箱、ページをめくると白黒からカラーに変わる絵本、虹と同じ色が出るボールペン、ぐにゃりと曲げられる不思議なコイン……どんなマジックだろうが、魔術師が披露した途端、ぼくもやりたい！　という欲望が抑えきれなくなってしまう。でも実際に買って持ち帰り、水に浸けて字を浮かび上がらせれば、マジックは神秘的でもなんでもなく、ただの嘘に変わる。ずいぶん経ってやっと、どれもこれも同じからくりであることに気づいた。それに、ちゃんと練習しなければ、マジックの道具はトラブルのもとになるだけだった。ぼくのマジックはいつも、家族やご近所の笑いものになって終わった。

「この出来損ない！　店の金使いやがって！」売り上げを抜いてマジックの道具を買って

いたことがバレて、ぼくは母さんにぶたれた。

なにがやってられないって、古本屋の舌足らずや工務店のホラいち、ワンタン屋のカイも、みんなひととおり道具を持っていることだ。マジックが嘘だったのは怒ってない。きっとぼくの練習が足らないんだろう。でもあの秘密の紙を、あいつらが全員持っているかと思うと、なんだかやりきれなくなった。魔術師に文句を言ってやろうって何度も思ったけど、結局、母さんにかんしゃくをぶつけただけだった。母さんもよほどぼくに腹を立てたと見えて、振り返るなりビンタをくれた。

「店の金であんなゴミばっかり買いやがって、どの口が言うか！」

魔術師の商売が流行らなくなってきた。そりゃそうだ。道行く人には物珍しいだろうが、近所の子供たちはマジックの道具をあらかた買ってしまっている。先に買った子供たちは、あれ、全部嘘だぜ、と近所の仲間や同級生に触れてまわるのだが、でもやっぱり、みんな買ってしまうのだ。だってほら、みんな騙されてるのに、自分だけ騙されてないなんて、なんだか悔しいじゃないか。

魔術師もそれに気づき、子供向けの新しい話題を作らなければならなくなった。ある日の仕事始めに、魔術師は四角いアタッシュケースから本を一冊取り出した。本を開くと、真っ黒な紙が挟まっている。それは大人の小指くらいに切り取られた、紙の小人だった。

彼は黒い小人を地面に置いた。そして黄色いチョークを取り出すと、マジックのステージである白の大きな円の内側にうちわくらいの小さな円を描いた。目を閉じて、彼はぶつぶつと呪文を唱えた。すると、黒い小人はふるふると震え出し、まるで今起きたとでもいうように、ふらふら立ち上がった。先を急ぐ通行人たちも、無言の黒い小人に呼び止められたように振り返り、地面の小人を見つけて、思わず足を止めた。

まったく、歩道橋で商売するのは楽しくてたまんないな！　黒い小人は、ぎこちないダンスを踊り始めた。魔術師の歌か呪文かわからないぶつぶつに合わせて、西へ東へパタパタ駆けまわる。動きがもたもたしているところがまた、たまらずかわいかった。きっと力を入れすぎたら破れてしまうことを自分でも知っているんだろう。紙だから、そりゃ激しい動きには向いてないはずだ。ぼくは黒い小人のことが心配になってきた。体育の授業に出たりしたら、かなり危ないんじゃないだろうか？

小人が動きまわるのは、黄色い円のなかだけということに、ぼくはだんだん気づいてきた。小人はこの円のなかにしかいられないのだ。誰かが小人に触れようとすると、魔術師は大声で叱りつけた。彼らの手を止め、そして脅しつけるように言った。「その小人に触れたら不幸になる。でも、ダンスを見たら幸運が舞い込んでくる」それに黒い小人自身、どうやら人に触られるのが嫌らしかった。誰かが近づくと、彼はトントントンッと跳ねるように魔術師の足元へ逃げた。

　みんなが黒い小人に夢中になったころ、魔術師はマジックを始めた。道具はいつもと同じだ。不思議なダイス、不思議なマッチ箱、めくればカラーになる絵本、一筆で虹が書けるボールペン、指でぐにゃりと曲がるコイン……どうしてだろう、このあいだまでさっぱり売れなかった商品が、一瞬にして、みんなが奪い合うような人気商品に生まれ変わった。見物客は魔術師のマジック道具が、また欲しくなったのだ。彼は道具を買ったひとりひとりをそばに呼んで、なにも書いていない真っ白な紙を渡した。ぼくはその紙を全部見た。書いてあることも全部覚えた。でもバカみたいに、ぼくはまた不思議なダイスを買ってしまうのだ。

　こんなとき、黒い小人はいつも行儀よく黄色い円のなかにいた。目がないから、小人は目が見えないんだろうって、ぼくは考えた。目の見えない黒い小人が、小さな黄色の円のなかでゆっくりと足踏みしている。ぼくには、彼になにか悩み事でもあるように思えた。

黒い小人は歩道橋のスターになった。商場の子供たちだけでなく、ぼくらが通う小学校の生徒まで、みんな小人を見に来た。重慶南路（総督府前を南北に走る通り）のサラリーマンや西門町の物売り、はては商場の向かいにある台北憲兵隊の憲兵や、風俗店の女性までやってきて、歩道橋の魔術師が操る黒い小人を見物した。小人はやっぱりちょっと恥ずかしそうに、そしてぶきっちょに彼のダンスを踊るのだ。小人は紙でできた腰を折り、見物人にお辞儀をした。紙でできた手を振り、見物人にあいさつした。ぼくは小人に夢中だった。ぼくは毎日、黒い小人のダンスを心待ちにして、靴ひもと中敷きのことなんてすっかり忘れた。靴ひもは鉄の欄干に結ばれたまま、風に吹かれてひらひらと揺れた。今思い出しても、それはとても美しい光景だった。

〔『歩道橋の魔術師』（河出文庫）所収「歩道橋の魔術師」より抜粋〕

駅のコンコースに噴水があったころ、男は一日中そこにいて、パーカと呼ばれていて、知らない女にいきなり怒られた

柴崎 友香

駅のコンコースに噴水があったころの話だ。

噴水は、真ん中の盆のようなところから水が流れ出て、それを円形のプールが囲む形になっていた。黒い石でできた縁には、いつも誰かを待つ人たちが腰掛けていた。噴水には、投げ込まれた小銭が沈み、明るすぎる照明を受けて揺れる水面の下で鈍く光っていた。

そのころ男は、一日中そこにいることがあった。仕事がない日、一週間のほとんどはその近辺にいた。ときどき警備員や駅員にどかされることもあったが、今ほど厳しくはなかった。男は緑のウインドブレーカーを着ていて駅の外に出るときはフードを被っていたので、パーカ、と呼ばれていた。パーカをパーカと呼ぶ男たちも、パーカと同じく、決まった仕事も家もなく、駅周辺で寝泊まりしていた。

そのころは、今よりずいぶん景気が良かったから、そうして駅や路上にいても、日雇いの仕事にありつけることがあった。一日にもらえる金も、そこそこ多かった。パーカは、その金を貯めて、荷物といっしょにコインロッカーに入れていた。アパートを借りて生活を始められるくらいの金が貯まったら、この街を離れるつもりだった。

パーカが噴水の周りにいるようになって、半年が過ぎていた。一時《いっとき》、どこからか流れ着いた腕《うで》っ節《ぷし》の強い男が、パーカに嫌がらせをしてきた。歩道橋の陰で寝ていたときに蹴られたり荷物を荒らされたりして、パーカはこの駅から離れていたのだが、その男が警察に捕まっていなくなったので、また戻ってきた。

パーカは、噴水の縁に腰掛けて、ぼんやりしていた。冬の初めの夜で、外は寒そうに見えた。コンコースは、風も遮《さえぎ》られるし、帰りのラッシュの時間には、人混みでむっとした熱気がこもるほどだった。

改札に流れ込み、改札から流れ出してくる大勢の人間たち。コンコースを横切り、地下へ降りるか、歩道橋を渡るかして、別の路線に乗り換える。もしくは、賑《にぎ》やかな街へ吸い込まれていく。パーカは、次から次へと現れては去っていく人たちを、ただ眺めていた。誰かに焦点を合わせることもなく、視界に入るものを流すように見ていると、彼らの顔がどんどん消えていき、のっぺらぼうにくっついた体だけが行き過ぎていくように思った。足音が、波か風の音みたいに、渦巻いていた。

「どないや」

声をかけてきたのは、広島カープの野球帽を被っているからカープさんと呼ばれている、パーカより一回りは年上の小柄な男だった。カープさんは、パーカの隣に腰を下ろした。

「どないもこないも」

パーカは、野球帽のつばの影が落ちているカープさんの皺《しわ》の多い顔をちらっとうかがって、答えた。

「なんも変わりませんわ」

それでも、パーカが止まらずに動いていく人波を眺めているので、カープさんはパーカの視線の先を追おうとして、しかし結局はそれがどこに向けられているのか確かめきれなかった。

「なんか、おもろいもんでもあるか」

カープさんは、ポケットから短い煙草《たばこ》を出した。その頃は、そこでも煙草が吸えたが、カープさんは火をつけることはなく、右手の指に挟んで撫《な》で回しているだけだった。

パーカは、どう答えようか迷って、目の前の柱にもたれて立っている女を見た。地味な灰色のスーツを着た女は、待ち合わせの相手が来ないのか、噴水の上にある時計をにらんでいた。小学校五年の時の担任に似てるな、とパーカは思った。

「そういや、小学校の同級生がここらの会社に勤めてるいうとったなー、と思《おも》て」

でまかせを言ったつもりだったが、言ってみるとそんな話も聞いた気がしてきた。誰だったか、いつのことだったかも、まったく思い出せなかったが。

カープさんは、鼻息を立てて笑った。

「そら、ここらには誰かおるやろ。いちばん人が集まってくるとこや。買いもんやら飯《めし》食うたりやら、ラブホテル行ったりするやつもおるんとちゃうか」

カープさんは声が大きいので、その向こうに腰掛けていた学生ふうの男が、こっちを見た。黒縁眼鏡のフレームが壊れたのか、セロテープで巻いてあった。男はパーカと視線が合うと、慌てて逸《そ》らせた。灰色のスーツを着た女は、あきらめたのか、柱を離れて改札へ向かった。

「ま、そうやろね」

パーカは再び、視線をさまよわせた。人が多すぎて、誰を見ればいいのか見当もつかなかった。埃《ほこり》っぽい空気が、鼻の奥を刺すように感じた。

「もしおったとしても、今のおれを見ても、気づかんやろし」

「ぼくは学生時分はモテとったんやでえ。女の子がけんかしたりしてな、大変やった」

カープさんは、急にそんな話をし出した。下宿に毎日のように押しかけて夕食を作る女と、地元に置いてきた女が鉢合わせて修羅場《しゅらば》になった。

「モテそうって、なんとなく、わかります」

「ほんまか？　どこら辺が？　言うてみ」

「そうですね、なんか、うまいこと言う、いうか」

「てきとうやな」

「そうですかね」

「ちょっと！」

突然、声をかけられた。パーカの前には、真っ白いコートを着た女が立っていた。前髪を立て、水色のアイシャドウに真っ赤な口紅。そのころは、そんな顔の女が大勢いた。

「あんた、こんなとこでなにしてんの」

女は、三十を過ぎたくらいに見えた。

「なにって……、ただ座ってるだけや」

戸惑うパーカを気に留めず、女はまくし立てた。

「なにその顔。わたしのこと忘れてんのとちゃうやろね。和歌山の家に連れてってたるって言うたから本気にしとったんやで、わたしは」

「確かに、和歌山にばあちゃんの家はあるけど……」

「やっぱり、でまかせ言うたんやね。連絡してくれると思ってたわたしがあほやったわ」

「すんません、どこの、お知り合いでしょうか」

「うわー、ひどい。西高《にしこう》三年九組のクラタやん。隣の席やったやろ」

「クラタ……」

「ク、ラ、タ、ユ、ウ、コ！　名前も覚えてないやなんて、ほんま薄情やわあ。ねえ、思いません？」

女は、カープさんに同意を求めた。

「ちょっとぼんくらなとこはあるかな……」

「ちょっとどころちゃいますよ。ほんま、待ってたのに、あほやったわ。ほんならね！」

女は、一方的に怒ったまま、人混みの中に消えていった。

「まあまあべっぴんやないか。あんたもやるなあ」

カープさんは、にやつきながら言った。

「ほんまに知らんのです」

パーカは言った。

「だって、おれ、男子校やったし」

「え、ほな誰や」

「さあ、人違いやと思います」

「変な人もおるもんやなあ。まあ、変なやつばっかりやな」

カープさんは、ようやく煙草に火をつけた。

パーカは、貯めた金でその三か月後にアパートを借り、建設会社で働き始めた。カープさんは、その前に姿を消した。どこへ行ったのか、誰も知らなかった。誰のことも誰も知らないのが、噴水周りにいた人たちの常だった。

三十年が経ち、パーカは、自分がパーカと呼ばれていたことを思い出すこともほとんどなかった。隣県で暮らし、家族を持つことはなかったが、仕事にあぶれることもなく、どうにか暮らしてきた。

パーカは、何年かぶりにその駅で快速電車に乗り換えた。噴水は、とうの昔になかった。駅が改築され、コンコース自体が別の場所に移転していた。

快速電車で一時間、大きな湖のそばの駅でパーカは降りた。駅前にマンションが建ち、パーカがその町を出たころとは、ずいぶん様子が変わっていた。住んでいた家を解体撤去する、と十年ぶりに連絡があった姉から告げられた。それで、なんとなく見に来たのだった。

駅からぶらぶらと二十分あるき、川の近くにそれはあった。家は、壊している途中だった。白いシートに囲まれた家は、半分が壊され、折れた柱や梁《はり》や部屋の中が、野ざらしになっていた。近づいて、シートの隙間《すきま》から覗くと、足下の割れたタイルの下にコインが落ちているのが見えた。おもちゃなのか景品なのか、小さく、ぴかぴか銀色に光っていた。

パーカは、なぜか、あの噴水を思い出した。水の中に沈んでいた、たくさんの小銭。パーカはあの頃、その小銭を何時間も見ていたことがあった。一日中そこにいる日もあったのに、誰かが小銭を投げ入れるところを見たことは、ついに一度もなかった。

［『百年と一日』（河出文庫）より転載］

第二部　舞台・ブックデザイン・映画

第二セッション――表現者にとっての日本文学

司会　それでは、午後の第二セッションを始めます。ご存じのように現在、村上春樹の作品は五〇以上の言語に翻訳されています。第二セッション「表現者にとっての日本文学」では、世界中で村上春樹作品が文学以外の芸術分野でどのように受容されているか、どのようなインスピレーションを与えているのか、様々な分野の表現者の方々からお話を伺います。

村上春樹さんが大学時代に演劇博物館をよく利用されたというエピソードはよく聞きますが、本日はモデレーター役を、演劇博物館の前館長で早稲田大学文学学術院教授の岡室美奈子先生にお願いしました。

1　演劇――インバル・ピント、アミール・クリガー

岡室美奈子（以下、岡室）　早稲田大学の岡室でございます。ただ今のお話にもありましたように、この三月まで早稲田大学演劇博物館の館長を務めておりました。私の館長としての最後の大きな仕事が、「村上春樹　映画の旅」〔二〇二二年一〇月一日―二〇二三年一月二二日〕という企画展でした。そういうご縁もあって、今日第二部のモデレーターを務めさせていただきます。

先ほど第一部で、作家の方々の素晴らしいセッションをお聞きになられたと思います。第二部の方は打って変わりまして、パフォーミング・アーツ、グラフィックデザイン、そしてアニメーションというジャンルの異なるアーティストの方々にご登壇いただきます。皆さんの接点というのが村上春樹さんの文学です。

今日はご自身の作品をご紹介いただきながら、たっぷりお話を伺いたいと思っております。

それでは、最初のゲストをお迎えします。イスラエルからインバル・ピントさんとアミー

岡室美奈子（おかむろ・みなこ）
早稲田大学文学学術院教授、文学博士。専門はテレビドラマ論、現代演劇論、S・ベケット論。2023年３月まで早稲田大学坪内博士記念演劇博物館館長。在任中に開催した企画展「村上春樹　映画の旅」は大きな話題となった。テレビドラマ、映画、演劇に関する論文やレビューを多数発表。

ル・クリガーさんのお二人です。インバル・ピントさんは演出家、振付家、そして舞台美術や衣装のデザインも手掛けていらっしゃいます。日本でも、ミュージカル『100万回生きたねこ』などの演出でも大変よく知られています。

　アミール・クリガーさんは映像や演劇の作家、脚本家、ドラマトゥルクであり、教師もなさる大変多才な方です。

　このお二人は、東京芸術劇場で上演される村上春樹さん原作の舞台『ねじまき鳥クロニクル』〔東京公演二〇二三年一一月七日―一一月二六日、大阪・愛知でも開催〕の演出を現在手掛けていらっしゃいます。今日は、その一部もパフォーマンスとして見せていただけるとのことですが、お二人は村上春樹さんの小説『ねじまき鳥クロニクル』からどんなインスピレーションを受け取ったのか。

まずは『ねじまき鳥クロニクル』の舞台について、お話しいただきます。

インバル・ピント（以下、ピント） 本日はお招きいただきありがとうございます。舞台制作のプロセスについて少しお話しします。私は長年にわたりオペラやミュージカルの演出と美術を手掛け、映画にも少し携わってきました。ですが、私の主たる言語であり創造の原動力は、動きと絵という言語です。私は身体の言語で組み立てられた世界を生み出します。その言語にあって、肉体はひとつの形象に、さまざまな質感や形を持つ素材になります。そうやって物語を構築し、観客それぞれが自分なりの解釈を与えてくれるのです。全ては動きによって表現できると、私は信じています。

村上春樹作品を読むと、マジック・リアリズム、肉体のさまざまなありよう、意識の変化、浮遊するイメージ、そして作品を読むことで私の中に呼び起こされる身体的経験、それらがすべて作品の力となり、その力に刺激されて、彼の作品を舞台化したいという欲望が私の中に湧き起こってきます。

約一〇年前、ホリプロから『100万回生きたねこ』の舞台演出のオファーが来ました。佐野洋子の児童書を原作にした舞台です。その後、『羅生門』の演出も手掛けました。芥川龍之介の作品を基にした舞台です。

インバル・ピント（Inbal Pinto）
振付家、演出家、舞台芸術、衣装デザイナー。1992年にインバル・ピント・ダンスカンパニーを設立、2018年まで芸術監督を務めた。2002年からアヴシャロム・ポラックとのコラボレーションを開始。ダンス作品創作のほか、オペラやミュージカルの振付、演出、美術を手がける。2018年からインディペンデントアーティストとして活動中。その手がけた作品は世界中で高い評価を得ている。

約二週間後、村上春樹の傑作『ねじまき鳥クロニクル』の舞台バージョンが東京芸術劇場で開演初日を迎えます〔再演。初演は二〇二〇年〕。小説を舞台化するために、方法を模索しました。本に忠実でありつつも、同時に直感に従った自由な方法で、私たちなりの解釈を加えられる方法を探したのです。原作を新しい色で描きながら、新しい光の中に自分たちを見出すことができればと考えました。

初読は最も重要です。初読時に、この旅路の味とにおいが体内に刻み込まれ、身体的刺激、視覚的イメージ、そして読み手の肉体感覚に生じる情感が取り込まれるのです。これらすべてが、動きとなり、美術・衣装のデザインとなり、音楽となって、小説が舞台芸術に生まれ変わって、原作のいろいろな要素や風味やエッセンスを含みつつも、同時に舞台に固有の構造や論理にも忠実なものが生まれていきます。

内部に新たなロジックを持つ、新しい動物になるのです。

この小説は複雑な構成となっており、様々な場所でいくつもの物語がくり広げられ、そのすべてが分裂した現実において、時には時間も曖昧となる中で展開していきます。ここから一つのステージ、固有の時間の中で、様々な世界の存在を可能とする空間を作り出そうというわけです。

私のやり方としては、舞台上でできる限り多くの身体的解釈を与え、言葉の代わりになる身体表現を模索し、作品の解釈を広げ、加えていきます。

例えば、主人公の岡田トオルは二人の役者が演じています。この二人が異なる現実に存在する分裂した意識を表現し、時には魂の崩壊や葛藤を体現したり、たがいがたがいの鏡像となって、内面的な対話を表現したりしているのです。

その一部を本日お見せします。

動きが、空間や音楽と共に言葉と融合し、一体化した切り離せないものになっていきます。

村上春樹のビジョンが彼自身の想像の中にある限り、それを再現することは私には絶対にできません。できるのは、作品が私の中に呼び起こした感覚や感情に忠実でいることだけです。それらを裏切っていないことを願うばかりです。

岡室　ありがとうございます。ではクリガーさん、お願いいたします。

アミール・クリガー（以下、クリガー）　先に断っておきますが、私が日本で仕事をするのはまだ二回目です。ですから正直、「日本的」という言葉を、意味がよく分かっているかのように使うのは少々おこがましい気もしています。

最近、私の母国であるイスラエル、そしてガザ地区が悲惨な状況となっているので、『ねじまき鳥クロニクル』の恐ろしい戦争描写を思い出します。悪と暴力に関しては、日本とイスラエルにおいて、その現実に差はないでしょう。不幸にも人間の残酷さは、最も普遍的なものになっています。

しかしながら、この作品の中心的なテーマであるトラウマ、痛み、死とどう向きあうかに関しては、日本とイスラエルでは大きな違いがあると感じています。

イスラエルは、そしておそらく西欧全般が、心理的な要素が過剰になっているように思えます。自分たちの現実を、そしてとりわけ内面生活を、我々はひたすら心理的なストーリーによって説明しようとします。それがある意味、自己中心的な文化を生み出しました。イスラエルや西欧において死とは、個に対する巨大な脅威であり、非常に私的、個人的な恐怖となっています。

私が好きな美しい文章があります。「死が終わりであるのは、あなたの物語だと考える場合だけだ」というものです〔ジェフリー・クレイナーのポッドキャストから〕。村上作品や他の日本の作家の作品を読むと、そうした考え方が彼らの現実感覚や死生観に深く根付いているように感じます。物語とは決して自分だけのものではなく、皆のものであるということ、そして苦しみや死や痛みはただ消え去っていく個人的な経験ではなくて、現実の空気に染み込んでいき、息、自然、食べ物、道具などを介して、人々の許に戻ってくるものだということを、彼らは心に留めていると感じます。

よって、生と死は断絶したものではなく、対立するものでもありません。生と死は同じ現実の二つの状態であり、現実自体が流動的なのです。村上春樹や他の日本の作家の作品を読むと、イスラエルや西欧に比べて、現実が非常に流動的なものとして捉えられているのがわかります。

流動性は生と死に限った話ではありません。性、人格、アイデンティティ、倫理について

アミール・クリガー（Amir Kliger）
演劇・映画作家、ドラマトゥルク、教師。インバル・ピントとの『ねじまき鳥クロニクル』の舞台化、サラ・ケインの戯曲『4. 48 Psychosis』のイスラエル初演、サミュエル・ベケット、フランツ・カフカ、ウディ・アレン、デニス・ポッター、ゲオルク・ビューヒナー、ハノック・レビンなどの作品に加え、自身のオリジナル作品などさまざまな演劇作品の脚本、演出、美術を手がけ、高い評価と賞を得ている。

も同様です。こうした考え方や現実のとらえ方が、日本の小説に、そして日本文化で私が何より惹かれる映画に、非常に特別な性質をもたらしていると思うのです。

西欧では単なる幽霊話となるところが、日本では話自体をある種の幽霊と見なしているように感じます。物語は、独立した一個の個体として、生と死を文字どおりつなげることができるのです。

そして日本の小説を読む時や映画を見る時、私は言葉以上に、像《イメージ》に信頼を置きます。村上作品を読んで教えられるのは、信頼できるイメージとは単に言語的な観念を表わした以上のものだということ、簡単に言葉で説明できるものを模倣しただけではないときイメージは力強い優れたものになるということ、イメージこそがより豊かで多層的な現実への通路なのだということです。

英語で「見えているものがあなたが得るものだ（What you see is what you get）」という決まり文句があります。見てのとおり、ごまかしはありません、という肯定的な意味の言葉のようですが、村上作品を読んだり日本の映画を観たりして思うことは、私の目に見えているものは私が得るもののほんの一部に過ぎないということです。私が得るものは、むしろ膨大な、見えないものなのです。村上作品などの日本文化から学んだそうした特性を、私の作品でも何とか表現できていればと願っています。

岡室　最初から、大変深いお話を伺いました。

それでは、まずピントさんに質問させてください。

舞台化する時に内部に新たなロジックを持つ、新しい動物になるというのは、すごく面白いお話だと思いました。ピントさんはもともとダンサーでいらして、私たちも先日『ねじまき鳥クロニクル』のけいこ場にお邪魔して、大変感銘を受けました。ものすごく緻密に、身体表現を組み立てていかれるんですよね。服を着替えさせるというシーンを、何度も何度も稽古していたのが大変印象的でした。

身体性に徹底的にこだわった演出をなさっていると思うんですけれども、日本の役者さんの身体の在り方は、例えばイスラエルの役者さんの身体の在り方とは違うものですか。

ピント　身体は身体ですからそう違いはありません。違うのは身体をくるんでいるもの、文化的背景です。

二〇一三年の『100万回生きたねこ』の初演時からここまで、何度も一緒に仕事をしているスタッフやキャストが大勢いて、一つのチームのようになっています。かれらと作り上げたスタイルがいまではもう共通の言語となっています。私たちは身体をとおして、より多くのことを理解できるため、言葉の言語を学ぶ必要がないほどです。身体をとおして、多くの意見を交換することができるのです。

アミールが言ったように、日本文学には、とりわけ村上作品には、行間や実際の言葉を超えたところに多くの要素があるため、身体がよりオープンに関わることができますし、独自の解釈を与えることができます。

役者、歌手、ダンサーと顔を合わせたばかりの時期には、温度の違いのようなものはあります。しかし、リハーサルが進むにつれ、共通の言語が徐々に確立されていって、お互い歩み寄っていくのです。

岡室　なるほど、身体表現は文化的背景や温度差を超えて共通言語になるし村上作品は身体表現に適しているということですね。ピントさんにはまた後ほど質問させていただきます。

クリガーさんも大変興味深いお話をありがとうございました。生と死というものがイスラエルを含め、西欧文化圏では断絶しているけれども、日本ではそれが断絶ではなくて連続であるととらえている、と。例えばそれは『ねじまき鳥クロニクル』など、村上春樹さんや他の文学作品のどういうところでお感じになりますか。

クリガー　全体的な印象として感じており、私個人が出合った日本文化、特に映画作品でそう思いました。

やはり現実に対する、さらには物質に対する認識の違いがあると思います。西欧人の現実世界に対する態度はとても機能的です。西欧では物を、そしてしばしば人を、自分が利用する対象物として扱います。日本では物に対する敬意を感じますし、知覚がほとんど肉感的に異なっていると感じます。

村上作品を舞台化する上で、私にとっては、完全に把握はできない、けれど決定的な特質を伝えるイメージ、演劇的なイメージを見出すことが肝要でした。そうやって、説明できないものに肉体を与えるのです。

私たちにとって大きな違いがそこにあります。一番最初の会話から、本の説明はしたくない、と話していました。そして、ねじまき鳥とは何か？　常にこの質問が存在します。私は知らないし、知りたくもない。決めつけることは大きな間違いです。私たちがしていいのは、その存在を受け入れることだけです。私にとって、その点が西欧文学とは全く異なる考え方だと言えます。

そして、ここでもそう思ったのは、主に私が愛する日本映画の影響です。

岡室　日本の映画というのは具体的にどういう作品か教えていただけますか。

クリガー　すべてです。黒澤明、溝口健二、今村昌平、大島渚……全部挙げたら明日までかかってしまいます（笑）。

もちろん世界には多くの素晴らしい監督や映画作家たちがいますが、日本の映画を見ていると、作品としての美しさだけではなく、生や死や様々な物事に対する姿勢が異なることを感じます。それぞれが皆、異なる監督ですが、少なくとも私という限られた西欧人の目でも、直感的に「これは日本的だ」と思えるものが見てとれます。言語や見た目からではなく、他人に対する姿勢の違いで分かるのです。例えば、『ねじまき鳥クロニクル』にも大きく関係しますが、西欧では自分が正しいという前提が往々にしてあり、多くの偉大な作家の作品にも現われています。彼らは何が正しくて何が間違いかを知っているという前提に立っています。そうしたことを日本の映画を見て感じたことは一度もありません。『復讐するは我にあり』という今村昌平の映画は傑作だと思いますが、恐ろしい連続殺人犯を描きながら、どうやってだか、批判的な視点を免れています。どうしたらできるのか私には分かりませんが、西欧とは異なる次元の芸術的道徳観がここにはあり、私は非常に好きです。

岡室　黒澤明や溝口健二、今村昌平や大島渚などのお名前が出て、クリガーさんの日本映画へのご造詣の深さが伝わってきました。

今、西洋のほうが白黒をはっきりさせるということをおっしゃったと思うんですけれども、日本は逆にいろいろなことをあいまいにしてしまう国柄だと思うんですね。そういうところで稽古中に戸惑われたり、日本の文化に接して、いらいらしたりということはありませんか？　大江健三郎はノーベル文学書受賞記念講演を「あいまいな日本のわたし（Japan, the Ambiguous, and Myself)」という題で行ないましたが、日本のあいまいさというものに関しても、ポジティブに捉えていらっしゃるのでしょうか。

クリガー　もちろんです。それが真実だと思います。そうでなければ、世界に対する理解はひどく単純で浅いものになってしまいます。いらいらなど全くしませんし、私にとっては開放的な体験です。リハーサル中の役者との会話でもあいまいさは常にあり、何事に対しても完全に決めつけることはしません。あらゆる次元で、感情においてすら、この影のような空気を保つ能力、そこから私は多くのインスピレーションを受けています。道徳や意識だけではなく、感情でもそうなのです。西欧ではすべてが分けられます。一方に愛、もう一方に憎しみというふうに。でもそれらは互いに別のものではないと思います。ですから、あいまいさにはひたすら触発されるばかりです。

岡室　ありがとうございます。あいまいさがむしろ大事なのですね。では、ピントさんに、もう一度質問させてください。

クリガーさんが日本文化のどういうところにインスパイアされたかを熱く語ってくださいましたが、ピントさんはいかがですか。日本の文化にインスパイアされたご経験があれば教えてください。

ピント　私にとっての最初の出合いは佐野洋子さんの児童書でした。

死を語る児童書に出合って、とても驚きました。私は、死とは話すものではないという空気の中で育ちました。死とはある時突然に意識するものでした。

日本文学と関わっていくうちに、文化の違いや、文章表現の仕方や物事の言い方さえ非常に異なることに気がつきました。そこには私の知覚が入り込める余地がありました。私なりに解釈する自由を与えてもらえたのです。

『ねじまき鳥クロニクル』の中には、私がダンスで表現した箇所がたくさんあります。加納クレタの痛みや、ワタヤノボルのいる場所などを、身体をとおして表現しています。身体が持つボキャブラリーは、世界や感覚を解放し、異なる解釈を可能にしてくれます。これは、村上作品が多くのことを、それぞれの知覚に委ねている点と非常に似ていると思います。

彼の作品には自分と共通するものを非常に感じます。私がダンスを生み出す時も、マジカルでありながら現実的な世界を創造するところから始めるからです。人生にはマジカルな側面と現実の二つが常に存在しますが、実のところその二つは私たちの認識を超えたものにまで広がっています。そうした気配に私は魅力を感じます。

岡室　マジカル・リアリティに関しましては、また後で座談会がありますので、そこで機会があればゆっくりお話しいただきたいと思いますが、これからなんと『ねじまき鳥クロニクル』のワンシーンを、しかも主演の成河《ソンハ》さんと渡辺大知さんのお二人に演じていただきま

成河さんと渡辺大知さんによるパフォーマンス

す。先ほど、岡田トオルという主人公の分裂した意識を二人の俳優さんが演じることで表現なさっているというお話がありましたけれども、どういうシーンをこれから見せていただくのか、簡単にご説明いただけますか。

ピント　クミコがどこに行ったのか岡田トオルが考察するシーンです。岡田と彼自身の自問自答が描かれています。

今回のために用意したパフォーマンスなので、実際の舞台の音楽は提供できませんが、岡田トオルの自己との対話の片鱗をご覧いただければと思います。

岡室　それでは、これからそのパフォーマンスをご覧いただきます。ピントさん、クリガーさん、ありがとうございました。

2　ブックデザイン――チップ・キッド

岡室　次のゲストのチップ・キッドさんを簡単にご紹介いたします。
チップ・キッドさんは世界的に著名なグラフィックデザイナーとして、三七年間になんと一六〇〇以上のブックカバーのデザインを手掛けてこられました。とりわけ村上春樹さんの小説、英訳本ですが、そのブックカバーを三〇年以上、デザインしてこられました。今日はチップさんの素晴らしいブックカバーの数々を見せていただきながらお話ししていただきます。

チップ・キッド（以下、キッド）　こんにちは。お招きいただき光栄です。東京での講演は今回で六回目となります。とてもうれしく思います。チップ・キッドと申します。あまりにもアメリカ的すぎて嘘くさい名前ですが、本名です。（会場笑）

チップ・キッド（Chip Kidd）
ニューヨーク市在住の、数々の受賞歴を持つグラフィックデザイナー兼作家。37年間で1,600点以上の本の表紙をデザインしている。手がけた作家は、30年以上にわたって表紙をデザインしてきた村上春樹のほか、コーマック・マッカーシー、マイケル・クライトン、カズオ・イシグロ、手塚治虫、田亀源五郎、鈴木光司など。

私は一九六四年生まれで、ペンシルベニア州のフィラデルフィア郊外のレディングで育ちました。

子どもの頃、両親が私たち兄弟のために、当時新しかったケーブルテレビを導入してくれた時は大興奮でした。近所では、うちが最初でした。フィラデルフィアにはチャンネル17という局がありました。その局は、日本の子ども番組をいろいろ購入していました。あまり高価ではなかったのでしょう。そうした番組を午後にずっと流していました。放課後に帰宅すると、いつでも見ることができ、本当に大好きでした。

当時は『鉄腕アトム』が手塚治虫の作品とは知りませんでした。彼については後で触れます。『ウルトラマン』も大好きでしたし、ウルトラマンがしゃべれないという点も気に入っていました。私にとっては戦闘シーンをさらに盛り上げる効果がありました。胸にはライトがあり、それが点滅すると、敵を倒す時間はあとわずかという演出も、素晴らしいアイデアでした。観る者の不安を非常にあおる演出です。

そして時々、地元のテレビ局に手紙を出すと、ポストカードが送られてきました。私は『マグマ大使』の大ファンだったので、このクリスマスカードなどは最高でした。こういう途方もないデザイン感覚が本当に好きで、体にすっかり染みつきました。

さらに私は『エイトマン』の大ファンでした。桑田二郎という素晴らしい漫画家が作画を担当した作品です。思い返すと、こうした番組について面白かったのは、非常に低予算で作られていたことです。今日「特殊効果」と呼ばれるものにかける予算はなく、デザイン上の創意工夫でやりくりしないといけません。今あらためて見てみると、まさにそうした点が私に大きな感銘を与えていたことが分かります。

そしてペンシルベニア州立大学に入学し、四年間グラフィックデザインを学び、業界でMacが普及する直前の一九八六年に卒業してニューヨークへ向かい、アルフレッド・A・クノップフ社の新入社員となりました。年収は一万五五〇〇ドルです。まあ順調なスタートです。会社からは最初から「当社のデザイナーは本人が望めばフリーランスとしてほかの仕事

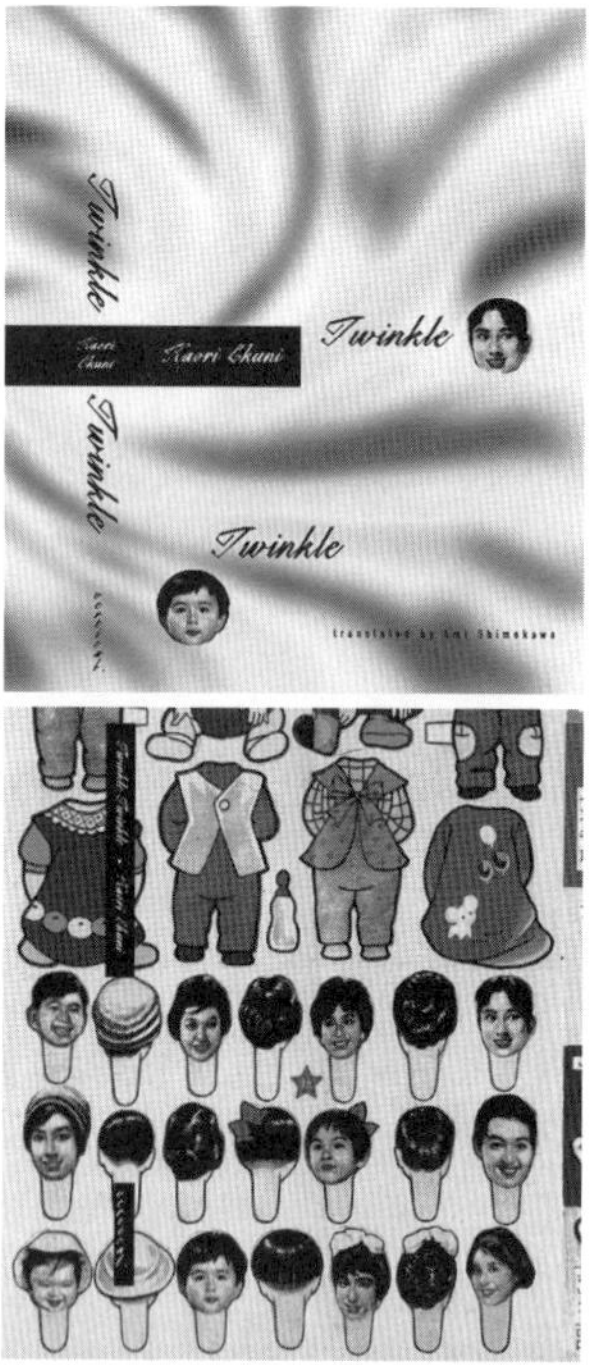

上がカバーデザイン。下がカバーを取ったところ

をしてもいい」と言われました。八～九年後に、ある新しい出版社が私に連絡してきました。私がコミックスや村上作品に携わっていたことが理由の一つでした。村上作品についてはこの後お話しします。

ヴァーティカル（Vertical）という会社で、当然誰も知らない名前ですが、そこから始めようというわけです。日本の作品をアメリカで出版する会社でした。企業のいわゆるブランド化が私の仕事でしたが、調べたところ、今でもその時のロゴを使用しています。ここで八～九年アートディレクターを務めたあと、新しい人物にバトンを渡しました。この仕事の素晴らしかったのは、表紙を本そのものとどう関連させて作っていくか、改めて考えさせてくれたことです。

『仄暗い水の底から』

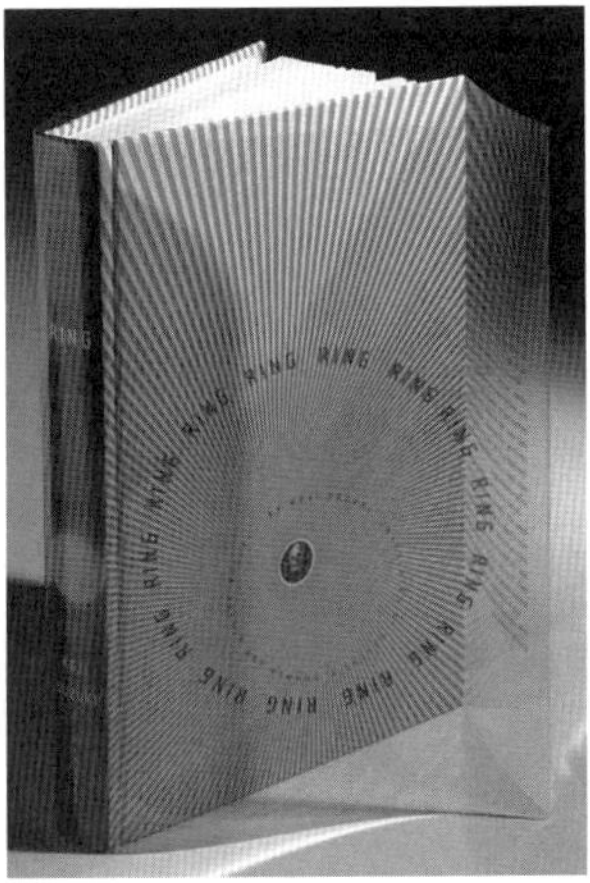

『リング』

その頃にはもう私も日本を訪れており、中野ブロードウェイに行くのが大好きでした。ご存じですか？　笑っていらっしゃるということはご存じなんですね。オタクの天国です。最高です。私は一九三〇年代から五〇年代の日本のエフェメラ（ephemera）を収集しています。単純に好きなのですが、手掛けている本にも取り入れます。このカバーにはダイカット穴が二つあり、母親と赤ん坊の顔がのぞいています。カバーを取ると、その下はこうなっています（一五六頁写真）。中野ブロードウェイで買った紙人形を素材にしました。

鈴木光司作品の表紙デザインは、素晴らしい旅でした。映画『リング』はまだ公開

『ループ』

『らせん』

されていなかったころで、自由に解釈できました。これは最初に手掛けた鈴木作品で、『仄暗い水の底から（*Dark Water*）』という短編集です。このデザインは、離れて見ると何なのか分かりますが、近づくと女性の顔がぼやけて消えてしまいます。

これは『リング（*Ring*）』のデザインです。この画像からは分からないと思いますが、タイトルと著者名が別のプラスチックシートに印刷されていて、それが本体に巻かれています。ですから平面でありながら、立体的にもなっています。そして、こちらは同じシリーズの『らせん（*Spiral*）』です。こちらもこの画像では分かりにくいですが、同じ作りです。図形のモアレ模様をアレンジしています。次にお見せするのは、もう少し分かりやすいです。『ループ（*Loop*）』です。これが本体で、それに対応する模様を透明なアセテートフィルム上に展開して……。このようにモノとして見て楽しい本を作るのは、実に刺激的な経験でした。正直言って、クノップフ社では決して通らないようなことをしていました。たとえば、作者名をとても小さくするとか。

『棒の哀しみ』

これは『棒の哀しみ（*Ashes*）』という本ですが、私がずっとやりたかったことをこの本で実現しました。表紙は三層からできています。物語は中年のヤクザがバーに行き、人生を追想する。そして酔っぱらってウィスキーをぶちまけ、銃を撃ちまくるという話です。これを、三層の表紙で伝えようとしました。まず、一番上の層はナプキ

『ブッダ』第1巻

ンのように見せています。インクをこぼしたらにじむような、コーティングされていない紙を使っています。そして二層目、これはまるっきり中野ブロードウェイです。私は日本の古いブックマッチの表紙が大好きなのです。好きすぎて、永遠に眺めていられるほどです。これでバーの雰囲気を表現しています。それを取り外すと、男の顔が出てくるわけです。この表紙を作っている時、私は駄菓子屋にいる子どものようでした。ただただ楽しかったです。

しかし、私がそこの仕事を引き受けた本当の理由はこれです。彼らは手塚治虫の『ブッダ(*Buddha*)』全八巻を出版しようとしていたのです！　この漫画の存在は、その二年ほど前にクノップフ社にも話が来たので知っていました。私はすごくやりたかったのですが、会社は「ブッダの生涯の八巻本なんて出せるわけないし、短縮してしまうのもよくない」という反応でした。というわけでこれがヴァーティカルに行きついて、手塚作品に関してはヴァーティカルがアメリカでの出版社となったのです。そして『ブラック・ジャック』や『MW』

『ブッダ』第４巻

『ブッダ』第３巻

はもとより、誰も知らないような手塚漫画も数多く手掛けました。手塚治虫はまるで機械のようです。寝ていないのではないかと思うほど、すさまじい生産量です。

この表紙では、本編の中から探した絵を、別のページの絵と組み合わせて、ウサギを抱き上げている老人の姿から別の物語を作りだしています。赤い帯は別紙です。この制作も本当に楽しく、結果として大きな注目を集め、売り上げも大きく、書評もたくさん出ました。この表紙は成功でした。ヴァーティカルは漫画市場について、クノップフよりもずっとよく理解していました。今後もクノップフが追いつくことはないでしょう。

こちらは第三巻です。このように巻によっ

(上)『ブッダ』全8巻を並べると…
(下)『象の消滅』

て、スタイルに変化をつけました。第三巻はにぎやかでしたが、この第四巻はくっきりシンプルで、湖にいる彼に雨が降り注いでいます。そして、この八冊を本棚に並べた時が圧巻なのです。これぞヴァーティカル。まだまだ語れますが、とにかく素晴らしい経験でした。

そして、ここからが本題です。

私が『象の消滅（*The Elephant Vanishes*）』の原稿をもらったのは二六歳頃のことでした。

作家の名前も聞いたことがなかったし、「まあとにかく作品を読んで何か作ろう」といった具合でした。

この物語を読んでからだいぶ経つので、間違っているかもしれませんが、ある町に年老いた象がいて、その象をどうしたらいいかも分からないので、ひとまず飼育係が世話をしています。象はなんとなく皆に愛されていましたが、突然いなくなります。象が消えるなんてありえない、どこかにいるはずだ、と騒ぎになります。そして結局、謎は解明できません。とても奇妙なお話です。皆にとって当然の存在であった象がいなくなる。人々は象を恋しがり、見つけたいと願います。でも象はいません。非常に不思議な話です。以来、彼の作品を三〇年以上にわたり手掛けてきました。

さっき言ったように、私はエフェメラを収集しています。そしてこれはコンピュータが出てくるずっと前の話です。私が育ったペンシルベニア州の郊外には、蚤の市が多くあり、そこで変わった物を見つけるのが好きでした。これはドイツのもので、ガスタンクかオイルタンクの図です。私はこれを別の見方で見てみました。で、もうひとつこういうのがあって、これらでコラージュを作りました。「君たちあれが象だと思っていたけど、よく見てごらん。ほら、象じゃなくて保管室にあった給湯器だよ」という発想です。皆、このアイデアが

(上)『神の子どもたちはみな踊る』
(下)『スプートニクの恋人』

気に入ったようでした。この本に関する限り他のデザイン案は記憶にありません。それが村上春樹との付き合いの始まりでした。今振り返ると、この表紙の面白い点は、全然日本的に見えないことです。しかし、そこは誰も気にしませんでした。

もしビジュアルだけがあって、タイトルがないとしたらある効果が生じるでしょう。逆に、タイトルだけがあって、ビジュアルがなくても、また別の効果が生じるでしょう。でも、ビジュアルとタイトルの両方があると、それは読者が完成しないといけないパズルになるのです。

こちらは『スプートニクの恋人（*Sputnik Sweetheart*）』です。分身、二重性が大きなテーマですから、女性が二つに分かれています。これも面白かった。

日本に来た時に、鯉のいる池の写真を撮りました。魚がたくさん集まっていて、ばたばたと暴れていて……見ていてすごく不安になりました。これが普通の状態かどうかは知りません。そしてアメリカに戻り、『神の子どもたちはみな踊る（*after the quake*）』の原稿をもらった時、「この鯉池の写真は、まさに『地震のあと』のすさまじい混沌を連想させる」と思ったのです。

村上氏には古いレコードへの愛着がありますよね。レコードはあとでまた出てきます。これは、あるレコードのラベルを半分に切ったものを、他のレコードのラベルに重ねたものです。もうそれで出来上がりでした。これも村上さんはとても気に入ってくれましたし、マーケティングにも好評でした。『国境の南、太陽の西（*South of the Border, West of the Sun*）』です。

そして、次に『ねじまき鳥クロニクル（*The Wind-up Bird Chronicle*）』です。ねじまき鳥は

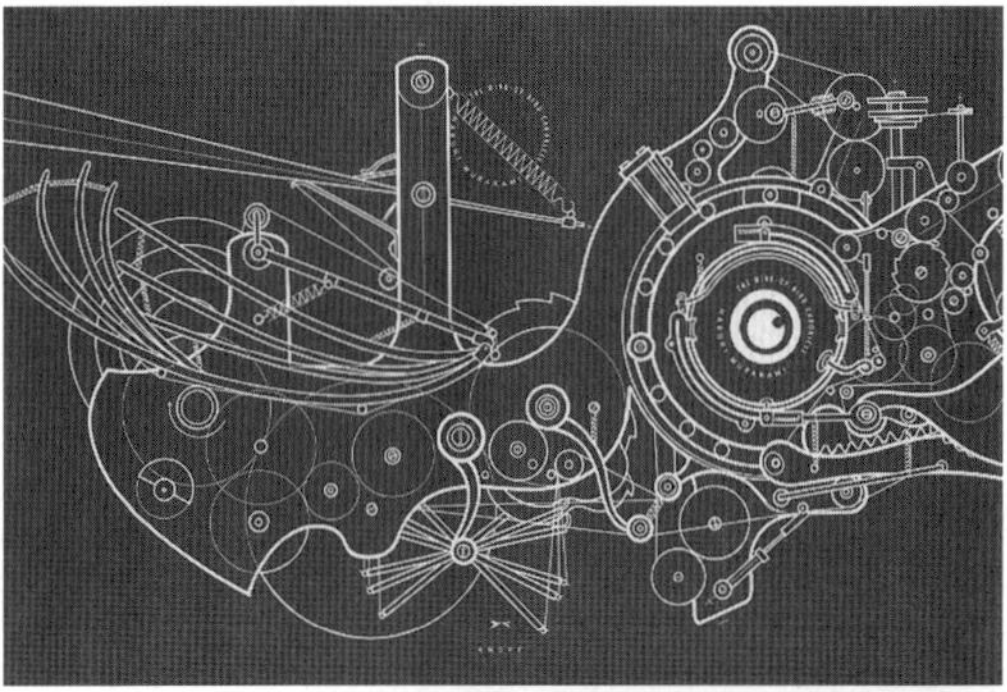

（上）『ねじまき鳥クロニクル』の本体表紙
（下）『国境の南、太陽の西』

一度も姿を見せませんが、作品の中に遍在しています。本のいたるところから、その声が聞こえてきます。そこで私は、絶対にすべきでないことをやりました。本当にねじ巻き鳥を用意して、超クローズアップで撮影したのです。書店に行けばいまでもこの表紙が並んでいます。

先ほどもそうでしたが、絵だけでは何なのか分からない可能性がありますが、ここにはタイトルも入っています。伝えるべきは、ねじまき鳥はどこにでも遍在し、かつその全体像を見ることはできない――でもカバーを外せばそれが見える、というわけです。ここにはもう一つアイデアがあります。私は親友の漫画家クリス・ウェアとよく一緒に仕事をします。彼は本当に天才的で、雑誌『ザ・ニューヨーカー』の表紙も多く手掛けています。私は彼にねじ巻き鳥の写真を送って、「この中身がどうなっているか、君が思ったものを描いてくれ」と頼みました。そうして彼が描いてくれたものが、このように本体表紙となっているわけです。

『めくらやなぎと眠る女』

この絵にはメタルフレークという加工も施しました。見えるでしょうか？　光にかざすと、鳥の中の構造が見えたり消えたりするのです。

村上作品に関しては、カバーだけでなく本文ページもデザインするため、他にも様々な工夫をしています。この本ではノンブル、つまりページ番号が、ゆっくりと時計回りに動くのです。パラパラ漫画の

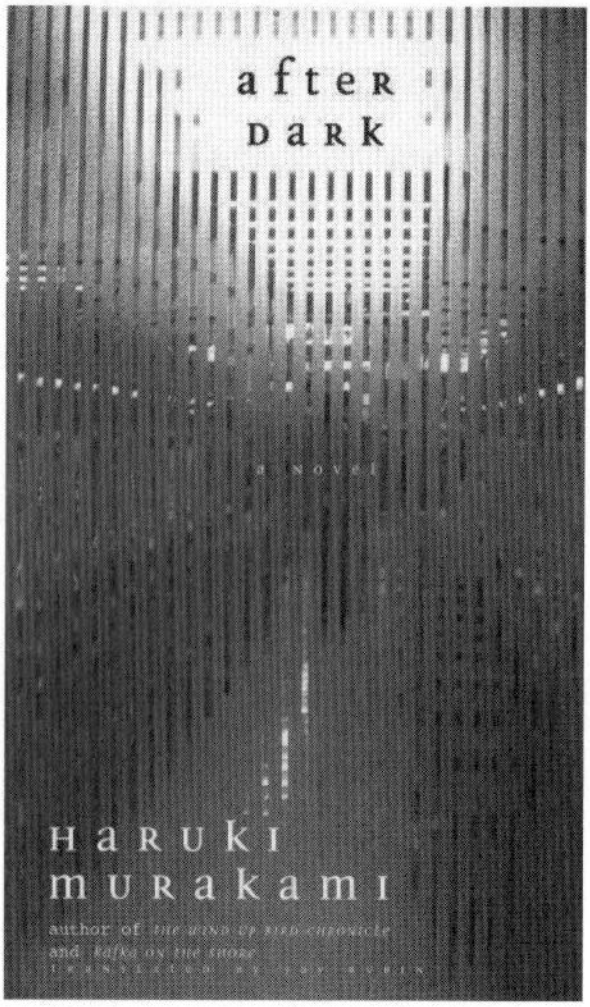

（上）『海辺のカフカ』
（下）『アフターダーク』

ような感じですが、すぐには気づかない仕掛けです。

次に、『めくらやなぎと眠る女（*Blind Willow, Sleeping Woman*）』です。古いレコードにまた戻っています。五〇年代のジャズレコードの、ビジュアル的常套句のようなものを借用しています。五〇年代のジャケットの裏面には、よくこういうカッコいい真空管の写真が使われたんです。

次の『アフターダーク（*After Dark*）』は楽しい話です。東京を訪問中に、原稿を受け取りました。絶好のタイミングでした。その原稿を抱えて夜の東京を歩き回り、写真を撮っていました。そして、あるパチンコ店を見つけ、いい感じだと思いました。携帯電話のない時代ですから、カメラを取り出し、写真を撮ろうとしました。するとドアが閉まってしまいました。縦じまのガラスドアです。「しまった。また誰かが出るか入るかして開くのを待たないと」と思いました。でも次の瞬間「いやいや、これを使えばいい」と思い直し、そうしました。上手くいったと思います。

『海辺のカフカ（*Kafka on the Shore*）』はたぶん私の一番のお気に入りです。いや、もう一冊、タイのがあるな。『ジャイアント・ロボット』という日系アメリカ人が作った雑誌をあるところで見つけました。それと、コミコンに行った時、日本のアーティストによる木製の小さな頭の像を展示していました。作家の名前は思い出せませんが、ちゃんと使用料を払い、カバーに名前〔高岡栄司〕も載せました。この像の顔の表情が、『海辺のカフカ』のある登場人物を連想させたのです。皆に愚かだと思われている年老いた男性です。これはフォトショップで加工したもので、本物の水ではなく、青いガラスです。そして、そこに砂を重ね、このようになりました。裏表紙にはもちろんネコを加えました。

『1Q84』は大きな挑戦でした。当初、翻訳では前半しか読めませんでした。村上春樹

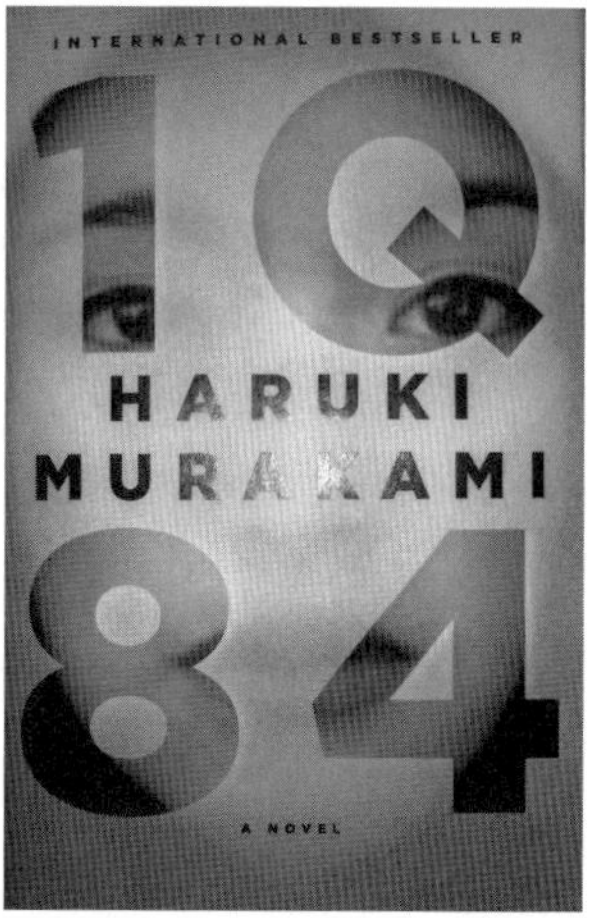

『1Q84』

の大長篇を出版するときはしばしばそうなってしまうのです。しかし、半分でも十分でした。二元性、異次元といったアイデアを頭の中で転がしてみました。私たちの世界があり、１Ｑ８４の世界がある。同様に、本のカバーとは本体を包むものであって、要するに二つの表面があるわけです。

　こちらが本体表紙です。これに合わせて、半透明のベラム紙にカバーを印刷しました。組み合わさった結果がこれです。すごくいい感じで、みんな気に入ってくれたのですが、「予算があるのか?」という話になりました。お金のかかる仕様ですから。最終的には許可されました。今それが可能かどうかは分かりません。サプライチェーンとかいろいろうるさいですから。とにかくこれは二〇一二年にＴＥＤで発表しました。そして裏表紙は男性です。すごく触覚的、感覚的な手触りのある表紙になりました。

　次の『ふしぎな図書館（*The Strange Library*）』は夢のような仕事でした。すでに出ていた

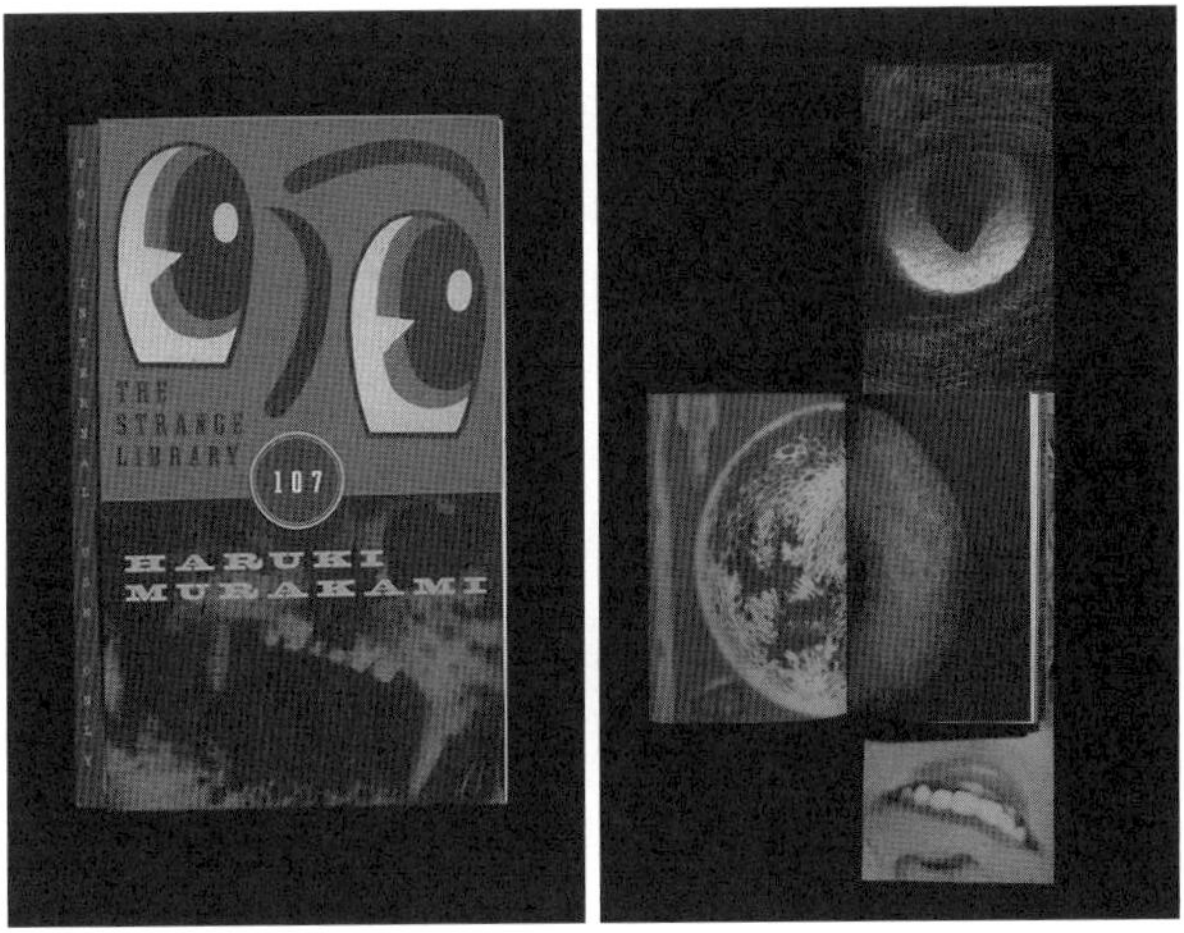

『ふしぎな図書館』。左は本を閉じた状態。右は開いた状態

日本版とドイツ版を見せてもらいました。我々の編集長であるソニー・メイタ（Sony Mehta）が、私が多くの漫画作品を担当していたことから、「これをグラフィック・ノベルに仕立ててくれ」と言ってきました。私は「もちろんやりたいですが、まずは日本で入手したエフェメラを使って試してみたい」と答えました。で、まさにそうしたのです。一目見るだけでは、何が変わっているのか分かりませんが、開けると型破りなことが分かります。下半分を下に開くと口が見えます。そして赤い部分を上に開くと物語が始まり、あとはもう、次はどうなるのだろうとページをめくり続けるわけです。これは実際にドーナツをスキャ

『色彩を持たない多崎つくると、彼の巡礼の年』

ナーに置いて、スキャンした画像です。実に楽しい作業でした。

　今日お見せする最後は『色彩を持たない多崎つくると、彼の巡礼の年（*Colorless Tsukuru Tazaki and His Years of Pilgrimage*）』です。これが私のもう一つのお気に入りの村上作品です。内容を知らない方のために説明しますと、五人の仲間がいます。クロ、アカ、アオ、シロ、そして主人公がいますが、彼の名前には色が含まれていません。色彩を持たないのです。彼らは高校で仲のよい友人同士でした。やがて高校を卒業し、主人公はその土地を離れて大学に進学しますが、その夏、地元に帰ってきます。すると突然、他の四人から拒絶されます。主人公は落ち込みます。理由は分からず、誰も教えてくれません。

物語が始まって早々、彼は自殺寸前の状態です。そして、その後は、何が起きたのか、なぜ友人たちにそのように扱われたのかを明らかにしようと何年も探索する姿が描かれ、そしてついに彼は真相を探り当てます。この表紙では、複数の窓から中が見えていて、友人四人を表わしています。主人公はやがて鉄道会社に就職して技師となり、その仕事を愛していました。背景には日本の地下鉄マップを使い、その上に四本の、地下鉄の路線を表わす色を配しました。そして主人公がこの四本の線を一本ずつ横切っていきます。まさに彼が物語の中でしていることです。何が起こったかを探ろうと、かつての仲間を探し当てて会いに行くのです。そして、たしかアオだったか、誰かと話している中で、自分たちはまるで五本の指のように完璧だったという趣旨のセリフがあります。

私は「そうだ。これが鍵だ」と思いました。これもお金のかかるデザインでしたが、まあそこは村上作品ですから。これは大成功でした。単にベストセラー・リストの一位になっただけでなく、ニューヨーク・タイムズ紙ベストセラー・リストのハードカバー・フィクション部門の初登場で第一位となったのです。すごい話ですよね。本当に彼の人気はうなぎのぼりだったのです。そしてパティ・スミスがニューヨーク・タイムズ紙の一面に書評を寄せて絶賛し、ますます話題となりました。全ての要素が見事にそろい、とにかく最高でした。素晴らしい感動であり栄誉でした。作品はもっとあります。全てを話したら、どのくらいかかるのか想像もつきません。

『騎士団長殺し』、『村上T──僕の愛したTシャツたち』、『一人称単数』、『小澤征爾さんと、音楽について話をする』、『走ることについて語るときに僕の語ること』……。そして新作『街とその不確かな壁』の概要ももらっており、これは一年後に出版される予定です。希望の泉は枯れることはありません。

彼の本をもっとデザインすることを楽しみにしています。

岡室　キッドさん、ありがとうございました。ブックカバーのデザインが一枚の紙の平面で完結するのではなくて、紙を重ねたり、折り畳んだり、透かし見たりという様々な工夫がなされていて、キッドさんのあふれるイメージに、ただただ驚嘆しながら聞かせていただきました。しかも、そのイメージの源泉の一つが中野ブロードウェイだったとは！

そして、キッドさんのブックカバーというのが本当に美しくて格好いいんですけれども、単に格好いいということではなくて、本当に作品の深い理解に基づいているということもお話を伺ってよく分かりました。

3　映画――ピエール・フォルデス

ピエール・フォルデス（Pierre Földes）
映画監督、作曲家、画家。『めくらやなぎと眠る女』は初の長編監督作品で、2023年ブリュッセル国際アニメーション映画祭 Anima にて最優秀長編アニメーション賞、第1回新潟国際アニメーション映画祭コンペティション部門でグランプリを獲得。同作品のために特殊なアニメーション技法“Live Animation”を考案した。

岡室　次に登壇されるピエール・フォルデス（Pierre Földes）さんをご紹介します。ピエール・フォルデスさんは、映画監督であり作曲家であり画家でもあります。そして二〇二二年に、村上春樹さんの六つの短編を原作とする長編アニメーション映画を制作されました。『かえるくん、東京を救う』『バースデイ・ガール』『かいつぶり』『ねじまき鳥と火曜日の女たち』『UFOが釧路に降りる』『めくらやなぎと、眠る女』、この六編の短編です。

今日はその長編アニメーション映画『めくらやなぎと眠る女』〔二〇二四年七月日本でも公開〕を中心にお話いただきます。

ピエール・フォルデス（以下、フォルデス）　この度はお招きいただきありがとうございます。素晴らしい作家の作品をアニメーション映画化した経験について少しお話しさせていただきます。これは公式にはフランス映画ですが、当然、舞台は日本であり、登場人物は日本人です。制作時以来久しぶりに日本に来られて、こうして皆さんの前でお話しできるのは私にとって大変意義深いことです。

まず言っておきますが、私は学者ではありませんし、私がお話しすることは全て、私個人の主観的な視点、主観的であることをむしろ創造性のツールとして積極的に培っている人間の視点からのお話です。

私の背景と、村上作品のアニメーション化に至った経緯について少しお話しします。

私の父は、ハンガリーのアーティストでした。母は、イギリスの詩人であり助産師でした。私自身はアメリカに生まれ、フランスで育ちました。子どもの頃は、画家になりたくていつも絵を描いていました。そして、なぜか音楽に傾倒していき、高度なピアノ技術、作曲、オーケストレーションを学びました。その後、俳優として、また舞台演出家として活動を始めました。そして作曲にまた戻ったのです。数年後、アメリカに戻ってニューヨークで、作曲とオーケストレーションのプロジェクトを数多く手掛けました。

ニューヨークにいた時、台湾出身の友人が一冊の本を貸してくれました。短編集『象の消滅』です。それが村上作品との最初の出合いでした。

彼女は単に私が気に入るだろうと思ったのでしたが、違います。気に入るなどというものではなく、もう最高に惹かれました。村上さんには、日常のささいな出来事を海面のさざ波のように描写するのと同時に、どうにも言葉にしようのない深い物事について語る力がありました。それが、のちに私もそうした映画を作ろうと決めた理由の一つとなりました。

私が最も衝撃を受けたのは、彼のスタイルの斬新さです。物語を語るだけであれば、魅惑的で感情豊かな面白い物語を語れる人は大勢いますが、そこは重要ではありません。私にとって、ユニークなスタイルや語り口で物語を語ることは、それとは全く別のことです。誰にでもできることではありません。村上さんだからできることです。

数年後、私はハンガリーのブダペストに移り、自身で実写とアニメーションの映画を撮り始めました。都会の孤独を、私たちが内面に抱えた神秘的な部分を探求しつつ描いています。それからパリに移って、村上作品を長編アニメーション映画にしようと考えたのです。

なぜ村上さんの短編に取り組むことになったのかをお話しします。村上さんに「あなたの作品を映画にしたい」と言ったところ、「短篇を一本、選んでくれ」との返事でした。村上短編は数多くあります。その時点で、私はあらゆる作品を読んでおり、さらにまた読み直して、もう全作品の中に浸っているような状態でした。本当に最高の気分でした。『ユリシーズ』をギリシャの島々を巡る船の上で読んだ時のことを思い出していました。同じ気分でした。

同時に苦しみもありました。こんなに素晴らしい心地良さの中にいるのに、一つを選ばなくてはならない。そんなことはできません。私は村上さんに再び連絡し、「複数選ぶのはどうでしょうか？」と言うと、彼は「いいですよ」と答えてくれました。で、そうしたのです。この案はとてもしっくりきました。純粋に直感で選びました。その選択に理屈は何もありません。ただそれぞれの作品の何かに惹きつけられ、それをどう扱えばいいか全く分かりませんでしたが、「私はこの作品に惹かれ、こっちの作品にインスパイアされている。とにかくやってみよう」と思ったのです。

もうひとつ大事なのは、その物語がどういう物語なのか、どこへ向かうのかうまく言葉にできない作品のほうが、私はいっそう惹きつけられたということです。何かしら暗い側面がある物語の方が惹きつけられました。そういう作品なら、私自身の暗い部分を投影できて、深く入っていけるし、うまくいけば観客にも同じことをするよう促せると思ったのです。

ここは私にとって非常に重要でした。いくつかの村上短編から成る魔法の山を作って、頂上まで登り、目を閉じて頂上から飛び降りて、深い村上の海の中に落ち、そこで溺れて、しばらくして自分が息をしていることに気づく……そんな感じでした。

＊

実際のアニメーション映画化のプロセスについてお話しします。村上作品の深い海の中で、真っ先に浮かんだアイデアは非常にシンプルなものでした。まず五つの作品があり、加えて、六つ目の作品を切り分けて、五つの作品と作品をつなぐプロムナードのようにあいだに配置するというものです。これはムソルグスキーの美しいピアノ曲で、のちにラヴェルがオーケストラ用に編曲した『展覧会の絵』に着想を得ています。美しいプロムナードのテーマが絵画同士の間に入っているという発想に惹かれたのです。

映画制作というのは、資金調達に長い時間がかかり、制作自体の時間はむしろ限られます。資金調達に時間がかかったので、脚本に取り組む時間はたっぷりありました。そうして脚本に向き合っていると、いろいろなアイデアがつながっていきました。異なる作品の異なる登場人物たちが、同一人物の別の顔として見えてきました。その後、作品同士をつなげる要素を作り始めました。そうした要素は、あくまで作品自体の中にあったものですが、それをつないで絡みあった物語を作ったのは私です。このようにして、少しずつ形になっていきました。

無意識のうちに、私はすべての物語を、二〇一一年の東日本大震災が起きたあとに据えていました。もちろん選んだ作品の一本から着想は得ていますが、ただしそれは阪神・淡路大震災に関する物語です。私はそれを、自分にとってより実感のある要素に変えたわけです。これが第二段階です。この時点で、もう撮影に入れる状況でした。

しかし正直に言うと、私は何かが違うと感じていました。

みんなは、資金調達もできたし、さあ撮りはじめようという勢いでした。でも私は、作品を組み合わせる中で、先ほどお話ししたような美しさがどこか失われている気がしたのです。作品を読み返しながら経験した、様々な作品に浸る心地良さが薄れてしまっている。これは何か特別なことをしないといけない。特別な語り口を作り出さないと。一つの物語から別の物語へと流れる心地良さを反映できるような章立ても必要でした。同時に、対話の部分にもう少し新たに手を加えたいと思いました。翻案というものは当然、多くの変更を伴うのです。

私は素晴らしい英語版に基づいて作業していました。もちろんフランス語版も読みましたが、いまひとつピンときませんでした。ただ、両者を比較するのは興味深い作業でした。フランス語版が私に適さなかったのは、昨日も英訳者のジェイ・ルービンと話したのですが、フランス語には口語的な要素が少なく、文語的な印象を受けるからです。私にとって、村上作品の魅力は口語的な表現にあり、私個人がそれをどう受けとめるかがとても重要なのです。ですから英訳のほうが私には適していました。そして、さらにもう少し練り上げて、日本語版原文の核にたどり着きたいと思いました。

友人のマシュー・シェイファーに日本語原文の多くの会話部分をそのまま「生に」訳してもらいました。翻訳の美しさを排除した、原文どおりの訳です。こうした経緯を経て、私は日本を訪れました。毎日、どこかの町を訪れては、迷子になりました。完全な迷子です。迷子になりながら、自分の中の疑問をノートに一つひとつ書き出しました。そしてどうにかホテルに帰りつきました。朝になるとまた電車に乗って、弁当を買い、その全ての問いに自分で答えていきました。最高でした。旅の最終日に、脚本が書き上がりました。とても充実した経験でした。

ではなぜ、実写ではなくアニメーションを選んだのか。映画を実写で撮る時のプロセスはシンプルです。そう言うと語弊がありますが、アニメーションと比べればやはりシンプルです。俳優、カメラ、マイクを用意して、自分が思い描くもの、見ているもの、聞こえているものの再現に努めるわけです。アニメーションでは違うアプローチが採れます。まあこれはこれでやはりシンプルです。それは、自分の目が見ているもの、耳が聞いているものを翻訳するのではなく、私の脳が理解していること、物事に対する私の知覚や理解を翻訳しようとするのです。これができるというのは、本当に素晴らしいことです。ある意味では、私にとっての「高められた現実」とでも言うべきものです。

さて、最後の問いは、私は原作に忠実だったか？　作者と読者の間にはつながりがあります。考えてみれば、実に驚くべきつながりです。作者は一つ一つの文字、単語、フレーズを書いていきます。それは作者が習得した暗号であり、読者はこれを自分の脳内で直接解読します。間には何者も介在せず、読者がただ解読するのです。

加えて、作者はサブテキストのようなものも書くことができます。私はそれをサブクォート（副引用）と呼びたいのですが、それも読者の脳内で解読されて、読者自身の経験に触れます。サブクォートを通して、読者自身の人生が解き放たれるのです。

分かりやすい例を挙げましょう。例えば作者が「彼女は暗い、恐ろしい部屋に入る」と書くとします。暗い部屋に入る、と言うだけなら話は単純です。もちろんおのおのが多少の想像は加えられますが、まあ単純なセンテンスです。しかし、「恐ろしい」という言葉は、読者の体験に直接関わってきます。もっと説明があれば、感じ方は変わりますが、その言葉だけであれば、場合によっては読者の全人生を解き放つものとなります。

翻案を行なう際、これはある意味、最も重要な側面になりえます。原作者は自身が書いたものの所有者であるということは、当然の話だと思います。しかし一方で、読者が何かを理解したり解釈したりすることに関しては、読者自身がその所有者です。

そして、作者と読者の間のその直接的なつながりを壊すことに意義があるでしょうか？

私の答えは、単純に「ノー」です。

しかし、新しいものを創造しようと試みるなら別です。ここでは「試みる」という言葉が大事です。何かを試みる、それがすべてだからです。模倣を試みるのではなく、ユニークで、インスピレーションの力を得ていて、大胆なものを作ろうと試みるなら、答えはその限りではありません。インスピレーションこそが何かを理解したり、感じたり、愛したりする

ピエール・フォルデス監督『めくらやなぎと眠る女』から

唯一の方法だからです。インスピレーションなしには、何をしても意味はありません。

　そして大胆さがなくても、もちろん創造はできますし、何かにインスパイアされてものを作ることもできます。が、大胆さがなければ、それはもう、他人が五〇回やったことかもしれません。大胆さがあって初めて、違うことに挑戦できるのです。「試みる」とはそういう意味です。

私にとって、忠実であるべき対象は、自分の持つインスピレーションと、大胆さと、理解だけです。村上さんが何かにインスパイアされて作品を書き、私のことをインスパイアしてくれて、うまくいけば他の人々をインスパイアする。そういう連鎖をとおして、私も村上さんの作品とつながり、日本とつながれると思っています。

岡室　フォルデスさんがどんなふうに村上文学に出合い、どんなふうに長編アニメーション『めくらやなぎと眠る女』が立ち上がっていったのかが、大変よく伝わってくるお話でした。日本の町を迷子になりながら歩き回られて、それで脚本が完成したというお話に感銘を受けております。

それではこれから、フォルデスさんが監督された『めくらやなぎと眠る女』をご覧いただきます。本編一時間四〇分ほどの作品ですが、これからご覧いただくのはいくつかのシーンをつないだ特別編集版です。暗号を解くようなつもりでご覧いただければと思います。それでは、お楽しみください。

＊

岡室　いかがでしたか。一〇分少々の特別編集版でしたが、六つの短編のエッセンスがギュッと凝縮されたような、そういう映像だったと思います。今日は村上春樹ファンの方にたくさんお越しいただいていますので、シーンが変わるたびに、あ、これはあの作品だとピンとこられたのではないでしょうか。

この作品は来年夏〔二〇二四年七月〕にフルバージョンが公開される予定です。今日のこのわずか一〇分少々の映像でも、あの青いネコに導かれて森の奥にいざなわれていくような不思議な体験をさせていただきました。フルバージョンをご覧になると、もっともっと深い森の中に連れて行ってくれるのではないかと思います。ぜひ、来年夏公開のフルバージョンをご覧ください。

それではこの後、第二セッションにご登壇いただいた方々全員のトークセッションを行ないます。パフォーミング・アーツ、グラフィックデザイン、そしてアニメーションという全く違うジャンルの方々のトークとなりますが、いろいろ接点はあるのではないかと思います。そこらへんのお話をお聞きできればと思っております。

パネルディスカッション

岡室　それでは第二セッションの締め括りとしまして、今日お越しいただいたゲストの皆さまとトークをさせていただきます。皆さま、よろしくお願いいたします。

さて、全く違うジャンルではあるのですが、お互いにいろいろ刺激をお受けになったのではないかと思います。お互いの作品やお仕事に対して、何かコメントやご質問があればお願いいたします。

ピント　お話を聞いていて、おそらく文学というものは他の芸術に最も大きな影響を与えるものかもしれないと思いました。例えば私が作るダンスは、アニメーションなどの他の芸術に翻案されることはないと思うからです。本からは、多くの解釈が生まれます。キッドさん、フォルデスさんお二人のお話はそのことがよく分かって素晴らしかったです。日本の色彩感覚からインスピレーションを得て、どういう視覚表現が出てきたか実際に目にしてみて圧倒されました。

岡室　今、別のアートフォームに変換するというお話が出ましたので、ちょっとそのことについて皆さまにお伺いしたいと思います。皆さま、村上春樹さんの小説を別の形にアダプテーションされている、変換されているというところで共通点があるわけです。小説はもちろん言葉を使った芸術ですけれども、表現したいこと自体は言葉で直接的に言わない。それを別のアートフォームを使って具体化していく、視覚化していく、そのことの喜びや難しさなどがあれば教えていただきたいと思います。

ピント　舞台は一つの場所です。いろいろな場面、いろんな状況を一つの場、一つの現在に収まるよう調整する必要があります。これが既に挑戦です。キャラクター一人一人の身体性、音楽性を決めていく。たくさんの層をじっくり重ねていく作業です。その際、どこまで本にあるとおりに忠実に表現するか、どれだけ自身の観点を盛り込むのかを考えることになります。実際にはそこに再現できない多くの場面を表現しなければなりません。自然などは舞台上に持ってこられませんから。

言い始めるときりがないですが、たとえば、村上春樹の世界ではどんな音楽が鳴っているのか？　作中で具体的に述べられている音楽だけでなく、作品全体として、どういう音楽が聞こえてくるのか。

岡室　今お話しになられた、オリジナルにどこまで忠実であるのか、あるいは自分の観点を持ち込むのかというのはたぶん共通のことだと思いますので、他の皆さまにもお伺いしたいのですが、ピントさんと一緒にお仕事をなさってきたクリガーさん、お願いします。

クリガー　フォルデスさんが話していたように、作家と読者の神聖なつながりの間に入っていく必要があるのかという疑問があります。そのつながりはとても親密なものです。ある意味、舞台と映画は、このきわめて親密な関係を公にするものだと言えます。私にとってそれは、非常に個人的な経験を、コミュニティと共有できるものに変換しつつ、その親密さを失わずに保つことです。私が演劇を観たり、家ではなく映画館で映画を観るのを好むのもそれが理由です。映画館で映画を観る機会は残念ながら減っていますが、演劇は少なくとも劇場に行く必要があります。物理的に同じ瞬間を人と共有するのです。

村上さんのような作家の作品を舞台化する際、非常に感動し、心が躍る点は、日本では観客の九九%は原作を読んでいるので、我々は村上作品と出合うだけでなく、多くの方々の様々な解釈と出合うことになるという点です。そこが素晴らしい。

ユダヤ教の人々は、誰が聖書を書いたかは知りません。聖書は書かれたものではなく、読まれるものです。ユダヤ教は作者ではなく読者に基づいているのです。こういう公のイベントが素晴らしいのもそこです。多くの人々がそれぞれ自分の考えや想像力、登場人物の見方、情景の読み方を抱えてここへ来ます。そしてフォルデスさんが言ったように、我々の主観的な読み方を知り、私たちの読みと自分の主観による読みとが出合うのです。それによって、今後の村上作品の読み方がいっそう豊かになることを願っています。

メディアによって違うとはあまり思いません。本と音楽のあいだに明確な境目はないと思います。そこが舞台や映画の好きなところです。全てを組み合わせるからです。チップ・キッドさんの表紙も、独自の芸術の形であり、本に関係なく永遠に鑑賞することができます。全ての芸術は普遍的な言語だと思います。(会場内拍手)

岡室　ありがとうございます。拍手が起こりました。

今九九%は読んでくるとおっしゃいましたが、おそらく今日お越しになっている方々の多くは『ねじまき鳥クロニクル』を読んでいらっしゃると思います。しかし、中にはそうでない方もいらっしゃるのではないでしょうか。例えば成河さんや渡辺大知さんや門脇麦さんのファンで、最初に舞台版の『ねじまき鳥クロニクル』と出合って、そこから村上文学に入っていくという人もいるかもしれません。そういう、まだ本を読んでいない観客たちに対しても、何か語りかけたいことはありますか。

クリガー　こうした大作を一言でまとめるのは難しいし、したくないですが、しなければならないとすれば、この本を読む経験の核にあるのは、継続的な探求としての「愛」だと思います。

私は探偵小説が大好きです。自分も探偵になりたいのかもしれませんが、その勇気がないので、探偵小説を読むだけです。そして探偵の話が愛や人間関係と関連する時、それは、私が舞台で訴えようとしていることそのものになります。自分にとって最も親しい人々、自分が最も愛する人々が、結局は完全に見知らぬ人であるという現実です。そうした隔たりを受け入れるのは、とても難しいことで

す。皆、自分のことを相手に知ってほしいと思うし、愛する人のことを自分はよく知っていると思いたいけれど、実際はその反対だという事実。この作品をとおして、その感情を表現しようとしたことで、人は誰かを愛そうとすればするほど相手のことが分からなくなるものだと私は感じました。愛する人を謎のまま受け入れることは、非常に難しい。それが私にとって一番重要な点かもしれません。

岡室　誰かを愛そうとすればするほど、相手のことを見失うというのは、一つの真理だと思います。観客にもそのことは伝わるのではないでしょうか。

それではキッドさん、村上文学のエッセンスをブックカバーという一点に凝縮して表現されるのは大変なことだと思いますけれども、その喜びや難しさ、そのあたりをお聞かせください。

キッド　私の喜びには二つの面があります。自分自身でアイデアが決まって、「これだ」と思える時が一つ。そしてもう一つは、それを皆に認めてもらうことです。

ブックデザインは、営業部やマーケティング部などの厳しい目をくぐり抜けなければなりません。楽しいし、芸術を作っているわけですが、ビジネスでもあるのです。彼らが認めてくれたら、村上氏さんにも確認を取ります。九九・九％の確率で彼は気に入ってくれます。ありがたいことです。

現在、『街とその不確かな壁』の三ページの要約を受け取っていて、飛行機で読んでいました。単角獣、人から引き離された影、といった視覚的に鍵となりそうな要素に印をつけながら読んでいます。『多崎つくる』でも、あの文章を見つけた時は、これで見えた、と思えて大喜びしました。

岡室　『街とその不確かな壁』、これからどんなブックカバーができていくのか楽しみです。

それではフォルデスさん、アニメーションを作ることの喜びや難しさなどあれば教えてください。

フォルデス　楽しい挑戦はいくつかあります。アニメーションには多くの人が関わります。皆を説得して、自分の視覚的な構想を受け入れてもらい、その表現の仕方を教えていくという挑戦があります。技術的な詳細は省きますが、「こういう構想があって、こういうふ

うにやりたい」と人々に示す作業です。
　ピントさんも言っていましたが、自分が本に対して抱く構想に近づけていくのは、とても繊細な作業です。あるアイデアがあり、そのアイデアを基にして築き上げていきながら、そのアイデア自体を失ってはならない。人が望むことや、人が作ったものに引きずられないようにする必要があります。そこが大事な点です。
　まずアイデアや構想が決まったとして、それをどうやって作っていくかということですが、いきなりどかんと作るわけではありません。小さな繊細な部分から作業していき、アイデアを実際に結晶化できるまでは、周辺を固めていきます。羽のようなものが、だんだん堅固になっていって、そのうちやっと、「よし、こういうふうにやりたいんだ」と人に説明ができます。
　しかし喜びは常にあります。プリプロダクションやポストプロダクション以外の部分ではそうです。完成後のポストプロダクションは、少しつらい作業ですが、村上作品のような非常に刺激的な作品を翻案する作業は、純粋に最初から最後まで、あらゆる局面で喜びしかありません。私は絵を描き、アニメーションを作り、脚本を書いて、音楽も作って、と全てに関われるので、常に最高の気分です。本当に素晴らしい経験です。

岡室　ありがとうございます。

それぞれ興味深いお話をお聞きすることができましたが、今日皆さまからいろいろお伺いした共通点として、村上文学の分かりにくさのようなものが魅力だというお話があったように思います。その分かりにくさということに関して、それがインスピレーションの源泉になっているようなところはあるのでしょうか。村上文学のある種の理解しがたさ、分からなさ、簡単に理解できないというところが皆さまをインスパイアするのでしょうか。

フォルデス　ある意味、いまひとつつかめないからこそ、別の方法をとおした表現がよりしやすくなっていると思います。しっかりとつかめないものには、逆に探索する余地がありますす。自分が思いついた絵や音楽や色、ひらめいたものを加えることができます。そのほうが作りやすく、面白くなると言えます。最初から最後まではっきり形が見えている物語の翻案には、全く魅力を感じません。

岡室　なるほど、余白があるということでしょうか。この点について、他にいかがでしょうか。

クリガー　舞台や映画を作る時、非常に高いレベルでの意思決定を伴います。例えば本に「彼女はワンピースを着ていて、車に乗り込んだ」とあった場合、どんなワンピースなのか、どんな車なのかを決める必要があります。素材や色を選び、ワンピースがその俳優の体に対してどう動くかも決める必要があります。舞台化するためには、もうそれだけ自己表現を求められるわけです。その作業をとおして、つかんでいくのです。ただ読んだだけでは、なかなかつかめません。あたりに漂う空気と同じです。そうした空気や謎を残しながらも、同時にそうした決定を行なう。特に村上作品の翻案においては、そこに素晴らしい挑戦があると思います。

岡室　最後の質問ですが、皆さまがこうして村上文学を別の形にアダプテーションされるということは、村上文学が普遍性を持っていることの証しでもあると思います。しかし、普遍性があって、さらに国際化しても、そこに何か日本らしさや日本の独自性のようなものは残るのでしょうか。どんなふうにお感じになっているか教えてください。

ピントさんからお話しいただけますか。

ピント　制作の過程で、「空気を読む」という表現に出合いました。まさに制作過程にお

いて、作品の内容のみならず、俳優やダンサーたちとのコミュニケーションの中に多くが包含されていることに気がつきました。私たちは西欧的なやり方をどう取り込むかを試行錯誤し、一方で、日本語と取り組む上での限界や、言葉や動きで表現できないものについても考えました。

ゆっくりと、いろんなものを融合させて新たに創造する方法を見つけて、はじめにお話ししたように、日本と西欧文化を併せ持つ新たな動物を生み出しているところです。

キッド　私の仕事は簡単に言うと、誰かがそれを書店やオンラインで見た時に「これを読みたい」、「これを手に取って中身を見てみたい」と思わせるものを作ることです。

村上氏はもうすでにものすごいキャリアを築い

ていますから、彼が書いた新作なら何でも読みたいと思わせることができます。日本の作品らしく見せるかどうかについては、微妙なところです。

たとえば、『象の消滅』は全く日本的に見えません。『スプートニクの恋人』は見えます。『国境の南、太陽の西』は多少見えます。今日お見せしていませんが、『騎士団長殺し』は全く日本的に見えません。『多崎つくる』は、じっくり見れば日本の地下鉄だと気づきますが、遠目に見ただけでは分からず、日本との関連は見当たりません。ありていに言って、村上さんがさらに作品を生み、成していけばいくほど、私は自由にやれます。どのような感じに仕上げるか、日本的な要素を入れるか入れないかを自由に決めることができるのです。小澤征爾氏との対話本では、彼らの手をカバーに描いて、上に村上春樹氏の手があってペンを持ち、下で小澤征爾氏の両手があってタクトを使わず指揮をしている姿にしました。あとは楽譜です。全体を黒と白だけにして、裏表紙に彼らの写真を載せました。とても満足のいく仕上がりでしたが、特に日本らしさはありません。

ところで、個人的には驚きなのですが、村上作品の漫画は作られていないですよね？　私が知らないだけですか？　作られてもいい気がします。ぜひ企画書を送ってください。〔※フランスのアーティストJcドゥヴニとPMGLによるバンド・デシネ版が作られている。「HARUKI

MURAKAMI 9 STORIES」全九巻、日本語版スイッチ・パブリッシング」

岡室　漫画もありそうな気がしますが、どうなんでしょう。フォルデスさんとクリガーさんにも一言ずつお伺いできればと思います。

フォルデス　はっきりとは言えませんが、村上作品などの日本の小説を読むたびに、その物語の語り方が、西欧的なものとは違うという印象を受けます。映画を作る時も、フランスはまた別ですが、アメリカではある特定のやり方で作品を構成することが求められます。三つのパートで構成され、まず導入部分があり、という具合です。非常に明確に決まっており、ハリウッド映画の九割に当てはまります。アメリカ以外の国の映画もかなりそうなっています。私は今回の映画を作るにあたって、そうしたものとは全く別のものを作りたいと思いました。日本文学や特に村上作品、とりわけ彼の短編に惹かれるのも、たぶんそこが大事なのだと思います。それを探求したいと思い、実行しました。

クリガー　悪い意味ではなく、強い称賛の意味で言うのですが、村上作品の何が日本的かと聞かれると、彼は世界的に活躍していますが、それでも彼が日本人であり、日本出身であるという事実を私は感じます。はっきり特定はできませんが、読んだ時に、日本的なものを感じるのです。ですが、それを翻案する私は、決して日本的であろうとはしません。そうするのは大きな間違いです。彼の作品の特徴を挙げるとしたら、インバルも言ったように、マジック・リアリズムだと思いますが、私にとっては、マジカルなことがごく日常的なものとして受け止められているという点が肝腎です。そこに大変共感するのです。夢と現実、普通の世界と神秘的な世界をはっきり分けるのは好きではありません。両者はほぼ同じであり、それをどう見るかだけの問題です。私にとってグラス一杯の水と単角獣はどちらも神秘的です。そうしたことが私にとっての「日本的な」ものです。

岡室　ありがとうございます。

第一部でも出ましたように、村上さんの作品は無国籍風というイメージがありますが、今日ご登壇いただいた皆さまは村上文学の普遍性と出合いつつも、やはりその背後の日本の文化とも出合っていらっしゃるのだと感じました。今日は、本当に豊かなお話をお伺いすることができました。皆さまに大きな拍手をお願いいたします。ゲストの皆さま、最後までお付き合いくださいましたお客様、ありがとうございました。

おわりに　世界とつながる日本文学　～Japanese Literature in the World Today

最後に、今回のシンポジウム開催に併せて国際交流基金が世界中の日本文学愛好家から集めたエッセイをご紹介します。小説家、出版社の編集担当、日本語教師、翻訳家、大学教授と、さまざまな職業の方が、日本文学とどのように出合い、どういうところに引き付けられたのか、多彩なエピソードをどうぞお楽しみください。

なお頁数の都合上、ここでご紹介するのはエッセイの一部となります。全文は国際交流基金ウェブサイトでお読みになることができます。ウェブサイトではここでご紹介する以外にも、たくさんの方から寄せられたエッセイを掲載しておりますので、ぜひご覧ください。

（編集部）

https://www.jpf.go.jp/j/project/intel/study/network/2023/10-01.html

韓国で出合った日本の現代文学

チョン・セラン（韓国・小説家）

初めて読んだ本はどんな本だったのだろうか。記憶をたどってみると、一三歳の時に読んだ田中芳樹の『創竜伝』だったと思われる。一六歳の時に読んだ、韓国語に翻訳された村上春樹の『ノルウェイの森』と、江國香織と辻仁成の共作『冷静と情熱のあいだ』も心に強く残っている。どちらとも大変なベストセラーだったので、まだ対象年齢ではなかったものの何気なく読むことができた。また、綿矢りさの『蹴りたい背中』と金城一紀の『ザ・ゾンビーズ』シリーズに魅了されたり、江國香織の『東京タワー』とリリー・フランキーの『東京タワー』は、タイトルだけが同じで内容は全く異なるものだったので、それが面白かったという記憶もある。大学卒業後は、吉本ばななや山田詠美の本を多数出版した出版社で働いていたので、自由で感覚的な彼女らの作品にのめり込むように夢中になっていた。日本文学は触れれば触れるほど、ジャンルも幅広く、作風も多岐に富んでいた。

「あなたは日本文学のどこが好きですか」

張苓（中国・新経典文化有限公司　ライツディレクター）

大学卒業後に大学の教員となり、その後、新経典に入社して一五年になる。長年日本語に携わってきたが、私にとって最も印象深く、最も好きな日本の文学作品といえば、川端康成、三島由紀夫、太宰治、井上靖、遠藤周作といった文豪の作品ではなく、一つの児童文学作品だ。それは黒柳徹子作で、いわさきちひろが挿絵を描いた『窓ぎわのトットちゃん』である。（中略）

編集の仕事をしながら、私は作品中の母と娘の明るく朗らかでユーモアと愛に溢れた様子にたびたび心を動かされた。彼女たちの作品に複雑で奥深い表現はない。そこにあるのは随所にちりばめられた愛である。人や物事に愛をもって接している。彼女たちが書くのは基本的に自らが経験した出来事であるが、国籍や時代が違っても、つづられた文字を読むと無意識にその世界に入り込み、彼女たちと共に笑い、共に悲しむことができる。物語の中の感情が読者の共感を呼ぶと、読者はその物語を愛し、何度も読み返す。そうしてその本はベストセラーとなるのだ。

「日本文学」と私

アット・ブンナーク（タイ・JLIT出版社　創業者・編集者）

出版社の運営を始めて七年、多くの日本近代小説を読んできた。文豪と言われる作者の作品はもちろん、近代の無名作家の作品まで、流派、ジャンルを問わずにとにかくあらゆる作品に触れてきた。二十数年前と比べると、タイ人にとって日本の文化や文学はより一層馴染み深くなり、「村上春樹」「東野圭吾」「太宰治」「江戸川乱歩」など特定の作家のファンクラブができる時代にもなった。嬉しいことではあるが、正直、この日本文学のバブルが何処まで続くかちょっと心配でもある

……

日本文学の魅力

ミンミンテイン（ミャンマー・日本語教師）

私が日本文学を読み始めたときは、選べるチャンスはなかったが、今では昔より選択ができるようになった。私は最初は文字の読みやすさ、それから自分が好きそうな内容を選んで読むようになった。推理小説や家族小説、人間関係を描く作品が次第に好きになり、そのような内容で、かつ手に入れることができるなら読むことにしている。読み重ねると、作家それぞれの書き方のスタイルがわかるようになり、作家を選んで読むようになった。最近は角田光代、荻原浩、小池真理子の作品が気に入っている。角田光代の作品は、私が知っている限りでは主人公は女性が多い。立派なことや偉い人のことを書くのではなく、普通の生活を送る普通の人の感情を描く。リアルな社会の描写と繊細な描写で、どの部分も読み残すことはできない。難しい言葉は使わないので、日本語中級レベルで読める。この前たまたま動画サイトの朗読で荻原浩の『海の見える理髪店』を聞き、もっと読みたい気になった。

トルコにおける日本文学受容の過程

エルキン・H・ジャン（トルコ・アンカラ大学教授）

さて、トルコの読者・評論家は日本文学のどのような要素に関心を持つか、幾つか具体的な例をあげながら触れておこう。例えば、川端康成の繊細な日本描写がトルコの読者に好評である。『古都』や『雪国』に見られる日本の自然、伝統、日常生活、女性観などの描写は関心を集めた。次に、太宰治の『人間失格』に代表される、戦後日本の姿に対する批判的な視線も注目されている。戦前の都市生活や政治運動、それに適応できない主人公の描写はトルコ文学の一部の作品とも比較されながら関心を引き付けている。三島由紀夫の作品も、独自の位置を占めていることを付け加えられる。

現代文学からは村上春樹は様々な点から高評価されていることは言うまでもない。なお、村田沙耶香『コンビニ人間』における都会人間・女性描写、多和田葉子『献灯使』の現実に近いユートピア描写、夏川草介『本を守ろうとする猫の話』における出版業界・読者態度の語り方などがトルコの読者の関心を集めたようである。

「あなたは日本文学のどこが好きですか」

テスタヴェルデ・ラウラ（イタリア・翻訳家）

日本出版界は活気があり、面白い作家が少なくないが、平野啓一郎氏はその一人である。平野氏の小説は、もう二〇年前から面白く読んで、その中の二冊（『一月物語』と『マチネの終わりに』）をイタリア語に訳してもいる。その文体や物語だけでも読者を喜ばせるものだが、同時に作家のビジョンを表現する作品でもある。そのビジョンを説明するために、平野氏はエッセーを書いたり、インタビューなどで話したりしているが、それはイタリアまではなかなか届かないので、イタリア人の読者は重要な側面をつかみ損ねてしまう。初期の作品では平野氏がそのビジョンについても触れていたが、最近はプロットや登場人物の構造自体がそのビジョンによって形成され、作中ではあまり説明されていないので、翻訳でこの二冊しか読めない読者は、平野文学の意味と価値の大事な要素を見逃しかねない。少なくとも、小説だけはなく、エッセー（たとえば、二〇一二年の『私とは何か――「個人」から「分人」へ』、あるいは今年の決定的な『三島由紀夫論』）も訳す必要があると思う。

「あなたは日本文学のどこが好きですか」

アントナン・ベシュレール（フランス・ストラスブール大学日本学科准教授）

私が日本文学と出合ったのは一九九〇年代半ばだったが、その頃は今年〔二〇二三年〕残念ながら他界した大江健三郎が一九九四年にノーベル文学賞を受賞したばかりだった。大江健三郎はすでに川端康成の小説や黒澤明監督の映画にみられる「美しい日本」のエキゾチックで荘厳なイメージとは一線を画していた。ノーベル賞受賞のスピーチにおいて、第二次世界大戦の困難な「消化」、独自な文化的アイデンティティ、明治時代以来の西洋文明との複雑な関係との間で引き裂かれた現代日本の「曖昧さ」を強調したが、フランス文学に精通し、その後世界中の文学へと関心を広げていった大江自身が、その曖昧さを最も見事に体現した一人だった。

僕は日本文学の何が好きなのか？

Carlos Rubio López de la Llave（スペイン・マドリード・コンプルテンセ大学名誉教授）

僕が日本の文学作品に出合ったのは、今から四五年ほど前、一九七六年から一九七九年にかけて、カリフォルニア大学バークレー校に在学中の時だった。日本人留学生たちと親しくなって、熊本出身の彼らは、僕が日本に興味を持っていると知ると、当時アメリカで人気だった日本の小説のペーパーバックを何冊かくれた。谷崎や川端の英訳だった。これらの作品は、僕にとっての大きな発見で、それまでに読んでいたものとは異なる作風に、驚きもしたし感心もした。その後、自分でもさらに数冊購入したうちの一冊が、夏目漱石の『こころ』。この著名な小説に深い感銘を受けた僕は、「ああ、いつかこの本をスペイン語で世の中に送り出すことができたら！」と、夢を膨らませたのだ。

私と日本文学

マイサラ・アフィーフィー（エジプト・翻訳家）

私は日本人小説家の中で最初知ったのが三島由紀夫と彼の自決に至った事件だが、漢字がわからないので作品が読めない状態だった。しかし、一九九六年に留学のため来日して、最初に買った小説は三島の作品だった。住んでいる家の近くの古本屋さんに『美徳のよろめき』が一〇〇円で売られていたので、安いしページ数も少ないので、迷わず買った。漢字がわからないので、読み始めて一回目は内容の二五%程度しか理解できなかったが、二回目の理解度は四〇%に、三回目はもっと上がった。最終的には大体のストーリーを理解できるようになった。私のやり方は辞書を引かないで、わからない漢字を推測しながら飛ばして読むことだった。最後はきっと一〇〇%わかるようになると確信していた。

私の日本語のレベルは日本文学を読むまでに達しないものだったが、それでも好きな文学を、とりわけ好きな日本の文学を読むため工夫して、なんとか悪戦苦闘しながら日本の文学を読めるようになった（中略）。

幅広い用途の日本文学

チアッペ・イッポリト・マティアス（メキシコ・エル・コレヒオ・デ・メヒコ教授）

日本に住んだ七年間、私は、日本文学は自身の研究テーマとしてだけではなく、日本で暮らす道をも切り開いてくれたことにやがて気がついた。言い換えれば、日本文学は、学習教材、文献資料、地図帳のみならず、ときには最高の観光ガイドにもなった。たとえば、かつて住んだ高円寺では、その近所に居を構えたことのあった中原中也の様々な詩をよく思い出した。同様に、地方に行くといつも松尾芭蕉の足跡や詩句の後を追っていたような感じがしたし、和歌山弁を聞くたびに中上健次の作品の登場人物たちの声が重なってくるような気がし、京都では寺院や城を訪れるたび、もしかすると紫式部や清少納言に出会ったりするかもしれないという予感がしたものだった。もちろん、文学的な日本の世界と現実の日本との間に相違点もあったが、こうした体験をすることで、日本文学が注いでくれた日本のイメージを塗り替えることができた。結局、文学と現実は、完全な（虚構と現実の）日本を構築するために協力しあっていたのかもしれない。

謝辞

国際シンポジウム「世界とつながる日本文学 〜after murakami〜」の開催、および本書の刊行にあたって感謝すべき方は数多いが、とりわけ、国際交流基金日本研究部の白井小百合さんをはじめとする同基金のみなさん、村上春樹事務所のみなさん、ホリプロの金森美彌子さんと柳本美世さん、新潮社の寺島哲也さん、辛島デイヴィッドさんと大前研二さんをはじめとする早稲田大学のみなさん、早稲田大学出版部の武田文彦さんにこの場を借りてお礼を申し上げる。

編者

早稲田新書024

世界《せかい》とつながる日本文学《にほんぶんがく》
—after murakami—

2024年10月18日　初版第１刷発行
2024年11月19日　初版第２刷発行

編　者　柴田元幸
発行者　須賀晃一
発行所　株式会社 早稲田大学出版部
〒169-0051　東京都新宿区西早稲田１-９-12
電話　03-3203-1551
https://www.waseda-up.co.jp
制作協力　独立行政法人国際交流基金
早稲田大学国際文学館（村上春樹ライブラリー）
編集協力　寺島哲也
装　丁　三浦正已（精文堂印刷株式会社）
印刷・製本　精文堂印刷株式会社

ISBN：978-4-657-24010-1

早稲田新書の刊行にあたって

いつの時代も、わたしたちの周りには問題があふれています。一人一人が抱える問題から、家族や地域、国家、人類、世界が直面する問題まで、解決が求められています。それらの問題を正しく捉え解決策を示すためには、知の力が必要です。整然と分類された情報である知識。日々の実践から養われた知恵。これらを統合する能力と働きが知です。

早稲田大学の田中愛治総長（第十七代）は答のない問題に挑戦する「たくましい知性」と、多様な人々を理解し尊敬して協働できる「しなやかな感性」が必要であると強調しています。知はわたしたちの問題解決によりどころを与え、新しい価値を生み出す源泉です。日々直面する問題に圧倒されるわたしたちの固定観念や因習を打ち砕く力です。「早稲田新書」はそうした統合の知、問題解決のために組み替えられた応用の知を培う礎になりたいと希望します。それぞれの時代が直面する問題に一緒に取り組むために、知を分かち合いたいと思います。

早稲田で学ぶ人。早稲田で学んだ人。早稲田で学びたい人。早稲田で学びたかった人。早稲田とは関わりのなかった人。これらすべての人に早稲田大学が開かれているように、「早稲田新書」も開かれています。十九世紀の終わりから二十世紀半ばまで、通信教育の『早稲田講義録』が勉学を志す人に早稲田の知を届け、彼ら彼女らを知の世界に誘いました。「早稲田新書」はその理想を受け継ぎ、知の泉を四荒八極まで届けたいと思います。

早稲田大学の創立者である大隈重信は、学問の独立と学問の活用を大学の本旨とすると宣言しています。知の独立と知の活用が求められるゆえんです。知識と知恵をつなぎ、知性と感性を統合する知の先には、希望あふれる時代が広がっているはずです。

読者の皆様と共に知を活用し、希望の時代を追い求めたいと願っています。

２０２０年12月

須賀晃一